永不告別

작별하지 않는다

한강

韓江

盧鴻金 譯

《永不告別》精采好評

韓江的小說讓人相信，也許不是作家選擇題材，而是題材去選擇作家。……為了尋找歷經屠殺之後失蹤的家人，倖存者進行漫長而平靜的抗爭。從空間上看，是從濟州到慶山，從時間上看，該歷程超過半個世紀。即使受到暴力的破壞和無情的鎮壓，人類也不會放棄，因為記憶永不告別。這所有的一切都是經由女兒的眼、口加以記錄。暴力雖企圖滅絕肉體，但記憶卻能夠永遠留存。死去的人雖然不能復活，但卻可以讓死亡的記錄活下來，亦即永不告別。

小說家「我」直到抵達或越過生死的邊界，才得以聆聽他們的故事。正如同只有經歷這些苦痛，才有資格觸碰曾經存在過的真實世界。這是對「重現歷史」最堅決的回應。

不知從何時起，在韓江的新小說面前都會肅然起敬。每個人都會努力，作家當然也是如此。但是韓江每次都竭盡全力書寫生命。——辛炯哲（文學評論家）

【韓國讀者好評】

・歷史和現實交織，以全新的意義誕生，將生命的痛苦昇華為省察的小說。

・濟州四・三事件是過去發生的事情，也是與我無關的事件。但讀完《永不告別》後，我痛苦地感覺到這個事件還是現在進行式。

・和往常一樣，在閱讀韓江的作品之前需要做好心理準備，做好盡情哭泣，熱愛，最後以幸福結尾的準備。這是今年一定要讀的書。

・這本小說在回顧濟州四・三事件，也在反問「愛」的義務。

・面對所有人都應該記住、擁抱的真相，既激動又悲傷。

・這是一本用韓江的筆觸妥善地記錄了濟州四・三事件的作品。

・韓江的文字果真是蘊含與眾不同的細緻和力量。

・細膩的情節展開和筆力，韓江最棒的作品——《永不告別》。

【推薦序】當雪花落下時——讀韓江《永不告別》

彭紹宇（作家、影評人）

隨著韓國文化在臺灣開花，接續影視與音樂，韓國文學也悄悄進入臺灣人視角。近年來，許多韓國文學作家逐漸被讀者閱讀、認識，使韓國文學在臺灣不再如過往冷門小眾，作家韓江便是其中之一。

一九七〇年出生於光州的韓江（한강），是亞洲首位獲頒國際曼布克獎[1]的作家，也是近代相當具有代表性的韓國作家，更多次名列諾貝爾文學獎熱門候選。她的文字跨出韓國，被翻譯成多種語言，在臺灣文學圈也頗負盛名，擁有許多讀者。回望歷年著作，在探討家庭中女性弱勢角色的代表作《素食者》（채식주의자）後，韓江在《少年來了》（소년이 온다）以六位參與光州事件的平民，表面控訴獨裁者

1 編按：韓江獲獎的二〇一六年名稱是國際曼布克獎（Man Booker International Prize），二〇一九年之後改稱國際布克獎（International Booker Prize）。

的政治壓迫與人性受創，實則探討人性為何物。接著《白》（흰）又如現代《道德經》般橫空出世，在不同的「白」中思索生命本質。這些看來各異的主題，其實隱含相似內核，那便是韓江對生死的內省。

睽違五年，韓江在本書《永不告別》（작별하지 않는다）再度以「濟州四·三事件」國家暴力為主題，文中投射自我，虛實交錯。即便描寫熾熱悲劇，充滿哲思的文字始終冷冽、靜謐，如帶血的冰，卻也因此讓人看清血跡穿透擴散的痕跡。她筆下的角色常是柔弱的，像高牆旁微弱蒼白的雞蛋，但韓江總賦予這些人物堅不可摧的殼，並在黑暗中孕育良善與勇氣。

坐落南韓國境之南，現今被視作度假勝地的濟州島，曾經是獨裁政治暴力下的禁地。相較一九八〇年影響其後韓國民主化的光州事件，一九四〇年代的濟州四·三事件，對於臺灣人而言可能較為陌生。起源於一九四七年的警民衝突誤殺事件，濟州民心激起反警情結，也為日後埋下未爆彈。一九四八年大韓民國（南韓）建立，隔著北緯三十八度線和彼端的朝鮮民主主義人民共和國（北韓）對峙。時任總統的李承晚頒布戒嚴令，以肅清共產份子為名，對濟州市民進行無差別血腥鎮壓。當時規定，凡在距離海岸線五公里外的山區被發現者，皆格殺勿論。如此焦土化的屠殺共持續超過七年，最終約有三萬人死亡——該數字是當時濟州人口的十分之一。

由一場警民衝突導火，失控引發至全島屠殺，聽來是否有些熟悉？濟州四．三與臺灣的二二八事件巧合般相像，那場發生在濟州三月一日的誤殺事件，即是同年二二八事件爆發後一天。同為孤懸在外的島嶼，臺灣與濟州島在白色恐怖年代所經歷的歷史軌跡極其相似。

本書不只將讀者帶回那年濟州島之春，在陽剛掛帥的歷史事件中，韓江用女性視角，為那些不被記錄的女性刻畫深度。《永不告別》以兩位女性好友——慶荷與仁善為主角，從仁善一場突如其來的斷指意外，連結至仁善母親的家族傷痛，進而揭露一場屠殺，是如何重擊那個年代下的人們。

韓江將巧思寄寓文字，充滿各種解讀可能，如「要醫治斷指，就須讓縫合部位不能結痂，要繼續出血」——呼應無法言說便難以治癒的政治創傷；抑或以「幻肢痛」隱喻失去至親無法痊癒的傷痛；更用雪的意象象徵生死，如慶荷在濟州經歷的那場暴雪，宛如跨越生死邊界，微妙鏡射現實，種種抽象意念在文字中具體成形。

《永不告別》是一場跨過世代，穿越時間的對話。韓江有意識地選擇敘事手法，不以當事人主觀視角剖開過去，反而從政治暴力下一代的雙眼間接切入，一一尋覓記憶碎片，循跡重構歷史。一段家族回憶錄，是政治悲劇的見證史，那些看似風和日麗的午後，遠處竟下著暴雪；如今穩妥踩著的土地，數十年前曾是血染之處。

同以政治暴力事件為軸，若說多方陳述構建的《少年來了》是由各色顏料塗抹成畫，《永不告別》則像小心翼翼撥開灰塵，找回畫作已有些黯淡風化的當時面目。隔著距離，似帶一層霧面，但不減暴戾，畫面也漸漸鮮明。正如距今已遙遠的濟州四·三，它提醒我們，有些歷史不可遺忘，有些回憶必須永不告別。

「希望這是一部關於極致之愛的小說」，韓江在作者自述裡這樣說道。縱然敘說如何悲傷的過去，歷史尚未翻頁，烙痕仍舊滲血，但韓江的文字始終鑲著殘酷美感，如廢墟裡的花，在斷壁殘垣中兀自清麗。這是她給予讀者的愛，閱讀這些文字像一次次集體創傷治癒，堅定地告訴人們——不要別過頭去。

因為當雪花落下時，我們或許能在一片頹唐中，找到那朵柔弱卻堅韌的花。

目錄

第一部　鳥

1 結晶

天空飄著稀疏的小雪。

我站立的原野盡頭與低矮的山相連，從山脊到此處，栽種了數千棵黑色圓木。這些樹木像是各個年齡層的人，高矮略有不同，粗細就像鐵路枕木那樣，但是不像枕木一樣筆直，而是有些傾斜或彎曲，彷彿數千名男女和瘦弱的孩子蜷縮著肩膀淋著雪。

這裡曾經存在過墓地嗎？我想著。

這些樹木都是墓碑嗎？

雪花如鹽的結晶，飄落在黑色樹木每個斷裂的樹梢上，後方有著低斜的墳塋，我在其間行走。我之所以突然停下腳步，是因為從某一瞬間開始，我的運動鞋居然踩到滋滋作響的水，才覺得奇怪，水就漲到我的腳背上。我回頭看了看，不敢相信。原以為是地平線的原野盡頭竟然是大海，現在潮水正朝我湧來。

我不自覺地發出聲音問道：

為什麼在這種地方建造墳墓？

海水湧來的速度逐漸加快，每天都是如此潮起潮落嗎？下方的墳墓是不是只剩下墳塋，骨頭都被沖走了？

沒有時間了，我只能放棄那些已經被水淹沒的墳墓，但埋在上方的骨頭一定得移走，在湧進更多海水之前，就是現在。但是怎麼辦？沒有其他人啊，我連鏟子都沒有。這麼多墳墓怎麼辦？我不知如何是好，在黑色樹木之間，我踏著不知不覺間已經漲到膝蓋的水，開始跑起來。

眼睛一睜開，天還沒亮。下著雪的原野、黑色樹木、朝我湧來的海水都不存在，我望著黑暗房間的窗戶，閉上眼睛。我意識到又做了關於那個城市的夢，然後用冰冷的手掌遮住雙眼，躺下身來。

❄　❄　❄

我開始做起那個夢，是在二〇一四年的夏天，在我出版關於那個城市的居民曾經遭到屠殺的書將近兩個月之後。在那之後的四年間，我從未懷疑這個夢的意義。去年夏天，我第一次想到，也許不僅僅是因為那個城市而做起這樣的夢，很快就憑直覺得出的那個結論，也許是我的誤解，或者只是一種太過單純的解釋。

當時，熱帶夜現象[2]持續了將近二十天，我總是躺在客廳故障的冷氣機下睡覺。雖然已經洗過幾次冷水澡，但汗濕的身體躺在地板上，我也未曾感到涼爽。直到凌晨五點左右，才感覺到氣溫有所下降，三十分鐘後，太陽就會升起，這無疑是短暫的恩寵。我當時覺得終於可以睡一會兒了，不，在幾乎快睡著的時候，那片原野轉眼間湧進我緊閉的雙眼。飄散在數千棵黑色圓木上的雪花、在每株被切斷的樹梢上堆積如鹽般的雪花，栩栩如生。

當時不知道為什麼身體會開始顫抖，雖然處於即將哭出來的那一瞬間，但眼淚之類的東西並沒有流下來，也未曾凝結。這能稱之為恐怖嗎？那是不安、戰慄、突然的痛苦嗎？不，那是冰冷的覺醒，讓人咬牙切齒。就像看不見的巨大刀刃——人力無法舉起的沉重鐵刃——懸空對準我的身體，我彷彿只能躺臥仰望著它。

當時，我第一次想到，為了捲走墳塋下方的骨頭而湧來的那片蔚藍大海，也許

2 指夜間最低氣溫在攝氏二十五度以上，難以成眠。

不一定是關於被屠殺的人和之後的時間。也許這只是關於我個人的預言，被海水淹沒的墳墓和沉默的墓碑構成的那個地方，也許是提前告訴我，以後的生活會如何展開。

也就是現在。

❄ ❄ ❄

從最初做那個夢的夜晚，到那個夏天清晨之間的四年間，我做了幾場個人的告別。有些選擇雖是出於我的意志，但有些則是未曾想過，即使是付出一切代價也想停下來的事情。如果像那些古老的信仰所說的，在天庭或陰間的某個地方，有巨大鏡子之類的東西，察看人類的一舉一動，並將其記錄下來，那麼我過去的四年，就像從硬殼中掏出身體、在刀刃上前進的蝸牛一樣。想活下來的身體；被刺穿切割的身體；反覆被擁抱、甩開的身體；下跪的身體；哀求的身體；不停地流出不知是血、膿水還是眼淚的身體。

在所有的氣力都用盡的暮春，我租下了首爾近郊的走道式公寓。再也沒有必須照顧的家人和工作職場，我無法相信這個事實。長久以來，在我工作維持生計的同時，還一直照顧家人。因為這兩件事情是第一順位，所以我減少睡眠時間寫作，暗中希望未來能有盡情寫作的時間，但那種渴望已經不復存在。

我無心整理搬家公司隨意置放的家具，直到七月來臨之前，我大部分時間都躺在床上，但幾乎無法入睡。我沒做菜，也沒有走出大門，只是喝網購的水、吃少量米飯和白泡菜。我一旦出現伴隨胃痙攣症狀的偏頭痛，便會把吃下的東西全部吐到馬桶裡。遺書在某個夜晚已經寫好，在開頭寫著「請幫我做幾件事情」的信裡，雖然簡略地寫下哪個抽屜的盒子裡有存摺、保險單和租房契約、剩下的多少錢用於何處、剩下的希望轉達給哪些人等，但要委託的收件人名字卻空著，因為我無法確定誰能夠讓我如此拜託。我還補充了感謝和道歉的內容，說要給為我善後的人一些具體的謝禮，但最終還是沒能寫上收信人的名字。

我終於從一刻也無法入睡、但也無法爬起來的床上起身，正是出於對那個未知的收信人的責任感。雖然尚未決定在幾位熟人中要拜託誰，但我想著需要整理好剩下的事情，於是開始收拾屋子。廚房裡堆積如山的礦泉水空瓶、會變成麻煩的衣服和被子、我的日記和手冊等紀錄，我都得加以丟棄。我雙手拿著第一捆垃圾，在時隔兩個月之後，第一次穿上運動鞋、打開玄關門，彷彿是第一次看到的午後陽光，灑在西向的走道上。我乘坐電梯下樓，經過警衛室，穿越公寓的中庭，我感到自己正在目睹著什麼。那是人類生活的世界。當天的天氣，空氣中的濕度，以及重力的感覺。

回家後，我沒有把堆滿客廳的東西綁成第二捆，而是進了浴室。我沒有脫衣服，打開熱水後坐在下方，用蜷縮的腳掌感受瓷磚的地面。逐漸讓人窒息的水蒸氣，濕透而黏在脊背的棉襯衫，順著遮蓋住眼睛的劉海一路流到下顎、胸前和腹部的熱水，這些感覺讓我記憶深刻。

我走出浴室，脫掉濕衣服，在尚未丟棄的衣服堆裡找了件還能用的穿上。我把兩張一萬韓元的紙幣摺了好多次後放進口袋，走出玄關。我走到附近地鐵站後方的粥店，點了看起來最好消化的松子粥。在慢慢吃著燙得不得了的東西時，我看著從玻璃門外經過的所有人，肉體看起來都脆弱得快要碎掉，那時我確實感受到生命是多麼單薄的存在。那些肌肉、內臟、骨骼和生命，是多麼容易破碎和斷裂，只要做出一次選擇。

就這樣，死亡放過了我。就像原以為會撞擊到地球的小行星，因細微角度的誤差避開一般。以不假思索、毫不遲疑的猛烈速度。

❄ ❄ ❄

我雖然沒有和人生和解，但終究還是要重新活下去。

我意識到兩個多月的隱居和飢餓，已經讓我失去了不少肌肉。我因為偏頭痛、胃痙攣而服用咖啡因含量過高的止痛劑，為了避免這樣的惡性循環，我必須飲食規律並且活動身體。但是在尚未正式努力之前，酷暑就開始了。當白天的最高氣溫首次超過人體的溫度時，我曾試著開冷氣，那是上個房客未及搬走的，但沒有任何反應。好不容易才撥通冷氣機修理業者的電話，對方表示由於氣溫異常，預約暴增，到八月下旬才能來修理。即使我想買一台新產品，情況也是一樣。

不管是哪裡，躲進有冷氣的地方是最明智的抉擇。但是我不想去人們聚集的咖啡廳、圖書館、銀行等地方。我所能做的就只有躺在客廳地板上，儘可能降低體溫；經常用冷水淋浴，以免毛孔堵塞而中暑；在街道熱浪稍微冷卻的晚上八點左右出門，喝了粥以後回家。涼爽的粥店室內舒適得令人難以置信，由於室內外的溫差和外面的濕度，像冬夜一樣起霧的玻璃門外，拿著攜帶式電風扇回家的人絡繹不絕，而我也馬上要再次踏進這條似乎永遠不會冷卻的熱帶夜街道。

在某一個從粥店走回家的夜晚，我迎著從炙熱的柏油車道刮來的熱風，站在紅綠燈前。我當時想，應該把信繼續寫下去，不，應該重新寫過。用油性簽字筆在信封上寫下「遺書」二字，收信人始終沒能確定的那封遺書，從頭開始寫，以完全不同的方式。

❄ ❄ ❄

如果想寫，就得回憶。

不知從哪裡開始，所有的一切開始破碎。
不知何時出現岔路。
不知哪個縫隙和節點才是臨界點。

我們從經驗當中知道，有些人離開時，會拿出自己最鋒利的刀刃，砍削對方最柔軟的部分，因為曾經靠得很近，所以才能知道要害。

我不想活得像個失敗者，跟你一樣。

為了想活下去才離開你。

因為想活得像活著一樣。

＊＊＊

二〇一二年冬天，我為了寫那本書而閱讀資料，正是從那時開始做起噩夢。剛開始夢到的是直接的暴力。我為了躲避空降部隊而逃跑時，肩膀被棍棒擊打後跌倒在地，軍人用腳猛踹我的肋下，我因此被踢得翻滾了幾圈。現在我已經記不得那個軍人的臉孔，只記得他雙手握住上刺刀的槍，用力刺向我的胸部時，帶給我的戰慄。

為了不要給家人——尤其是女兒——帶來陰鬱的影響，我在距離家裡約十五分鐘的地方租了一間工作室，原本打算只在工作室裡寫作，離開那裡後，立刻回到日常的生活中。那是建於八〇年代的紅磚房二樓的一個房間，三十多年來幾乎沒有修繕過。鐵門滿是刮痕，於是我買來白色水性油漆重新刷過，因太過老舊而出現裂縫的木頭窗框則用圖釘釘上圍巾，以之代替窗簾。有課的時候，我在那裡從早上九點待到中午，沒有課的日子則直到下午五點為止，都在讀資料、做筆記。

像往常一樣，我早、晚都做飯和家人一起享用。我努力多和剛上初中、面臨新環境的女兒聊天。但彷彿身體被分成兩半一樣，那本書的陰影隱約出現在我所有的生活當中。不只是打開瓦斯爐、等待鍋裡的水燒開的時候，甚至是將豆腐切片沾上蛋汁後放在平底鍋上，等候兩面都變得焦黃的短暫時間裡。

前往工作室的道路位於河邊，行走在茂密的樹木之間，有一段向下傾斜後，突然豁然開朗的區間。在那段開放的道路上步行三百公尺左右，才能到達作為溜冰場使用的橋下空地。我總覺得那段讓我毫無防備、暴露我身體位置的道路太長。因為在單行道對面建築的屋頂上，狙擊手似乎正瞄準著人群。我當然知道這種不安非常不像話。

我的睡眠品質越來越差，呼吸越來越短促——為什麼那樣呼吸呢？孩子有一天向我抱怨——那是二〇一三年的暮春。凌晨一點，我被噩夢驚醒，睡意全消，只得放棄再次入睡的念頭。我因為想買礦泉水而出門。街道上沒有人車，我獨自等待著毫無意義的紅綠燈變成綠色。我望著公寓前車道對面的二十四小時便利商店。突然回過神來時，我看到對面的人行道上大約有三十名左右的男人正無聲地排隊行走。那些留著長髮、身穿後備軍人軍服的男人，肩膀上背著步槍，以完全感受不到軍紀的散漫姿勢，就像跟隨郊遊隊伍前行的疲憊孩子們一樣緩慢走著。

如果長時間沒能睡好覺、正處於分不清是噩夢或現實的人，碰到難以置信的場景時，他的第一個反應可能是自我懷疑。我真的看到了那個嗎？這個瞬間是不是噩夢的一部分？我的感覺有多可靠？

我一動也不動地看著他們被寂靜包圍的背影，完全消失在黑暗的十字路口，彷彿有人按下靜音按鍵。這不是夢境，我一點也不睏，一滴酒都沒喝。但在那一瞬間，我也無法相信我看到的東西。我想到他們也許是在後備軍人訓練場受訓的人，就在牛眠山對面的內谷洞，此刻可能正在進行深夜行軍。那麼他們應該越過漆黑的山，走十幾公里的路程，直到凌晨一點。我不知道後備軍人是否有這種訓練。第二天早上，原本想打電話詢問身邊服完兵役的人，但因為不希望我看起來像奇怪的人——連我自己都覺得很奇怪——到現在為止，都沒能向任何人開口。

❄ ❄ ❄

我和一些不認識的女人一起拉著她們孩子的手，互相幫助，順著水井內側的牆壁爬下去。原以為下面會很安全，但突然有數十發子彈從井口傾瀉而下。女人用力抱住孩子，藏在自己的懷裡。原以為乾涸的井底，突然湧上如同融化橡膠一樣的黏稠汁液，為了吞噬我們的血液和慘叫。

❄ ❄ ❄

我和記不清臉孔的一行人走在廢棄的道路上。看到停在路邊的一輛黑色轎車時，有人說道，他坐在那裡面。雖然沒有說出名字，但大家都明白那句話的含義。當年春天下令進行屠殺的人就在那裡。就在我們停下來觀望的時候，轎車出發、進入了附近巨大的石造建築物裡。我們中間有人說了，我們也走吧！我們朝那邊走去。分明是幾個人一起出發的，但在走進空曠的建築物時，只剩下我和另一個人。一個我記不清臉孔的人靜默地跟在我身邊，我能感覺到那是個男人，他因為不知道怎麼辦才好，只能跟著我走。只有兩個人，我們還能做什麼？昏暗大廳盡頭的房間透出燈光，我們進入那裡時，那個凶手背靠牆站著，拿著一根點燃的火柴。我突然意識到，我和另外那人的手裡也拿著火柴。只有在這根火柴點燃的時候才能說話，雖然沒有人告訴我們，但我們知道這是規則。那個凶手的火柴已經燃燒殆盡，大拇指快要接觸到火苗了。我和同行那人的火柴還在燃燒，但正快速燃盡。凶手，我認為應該這麼說，我開口說道：

凶手。

沒有發出聲音。

凶手。

應該說得更大聲一點。

……那些被你殺掉的人，你要怎麼辦？

我用盡全身的力氣，突然想起要接續的話。現在就要殺了他嗎？這對所有人來說是最後的機會嗎？但是要怎麼殺他？我們怎麼可能殺得了他？我轉頭看向旁邊，同伴的臉孔和呼吸聲都極為模糊，微弱的火苗顯露出橙色的火花後快要熄滅。我從那微光中清晰地感受到，那根火柴的主人非常幼小，只是個身高略高的少年。

❄ ❄ ❄

在完成書稿的隔年一月，我去了一趟出版社，目的是為了拜託他們儘快出版。我當時愚蠢地認為，只要書出版，就不會再做噩夢了。編輯則說在五月出版的話，對銷售更加有利。

配合時間出版，多一個人讀不是更好嗎？

我被這句話說服了。在等待的期間，我又重新寫了一章，後來反而是在編輯的催促下於四月交出了最終書稿。書幾乎準時在五月中旬出版，但噩夢此後還是一直持續著。現在我反而感到驚訝，我既然下定決心要寫屠殺和拷問的內容，怎麼能盼望總有一天能擺脫痛苦，能與所有的痕跡輕易告別？我怎麼會那麼天真、那麼厚臉皮地盼望呢？

❄　❄　❄

那個夜晚，我在第一次夢見那些黑色樹木後驚醒，冰冷的手掌覆蓋在雙眼上躺著。

醒來後，夢境似乎仍在某個場景持續，那個夢就是如此。吃飯、喝茶、坐公共汽車、牽著孩子的手散步、整理旅行的行李、踩著地鐵站永無止境的階梯走上去。

那個從未去過的原野下著雪，樹梢被砍斷的黑色樹木上，掛著耀眼的六角形結晶。腳背被水淹沒的我驚嚇得回頭張望。大海，大海從那裡湧上來。

我惦記著不斷浮現在腦海中的那些場景，想起了當年秋天。那時應該可以找到合適的地方種植圓木吧？如果在現實中不可能實現栽種數千棵的理想，那是不是可以種下九十九棵——開啟無限的數字，和十幾個有志一同的人一起照顧樹木呢？用心的程度就像給樹木穿上以深夜織成的衣服一樣，永遠不讓睡眠破裂。當所有事情結束後，是不是可以等待如白布一樣的雪花代替大海從天而降，將它們完全覆蓋？

我向曾經從事攝影和拍紀錄片的朋友提議，將這個過程拍攝成紀錄短片，她欣然同意。雖然約定好一起完成，但兩人的日程始終無法配合，就這樣過了四年。

❄ ❄ ❄

在那個酷熱的夜晚，我依舊頂著柏油路的熱浪，走回空蕩的房子，用涼水洗澡。因為每天晚上樓上、樓下和隔壁都開冷氣，如果不想讓室外機吐出的熱風吹進屋內，就必須關緊陽台的玻璃門和窗戶。在形如密閉潮濕三溫暖的客廳裡，我坐在書桌前，在方才淋浴的冷水涼意消失之前，我把放在那裡還沒有確定收件人的遺書撕掉，連同信封。

從頭開始寫。

這總是正確的咒語。

我從頭開始寫起。過不到五分鐘，開始汗如雨下，我又用冷水沖完澡後回到書桌前，把剛才寫的不像話的東西再次撕掉。

從頭開始寫。

真正適合的告別宣言。

去年夏天，我個人的生活就像掉進杯子裡的方糖一樣，開始破碎，在真正的告別還只不過是前兆的時期，我寫了一本題為《告別》的小說。關於在雨雪中融化後消失的雪——是女人的故事，但那絕不是最後的告別。

因著額頭上流下的汗水，導致眼睛刺痛、無法繼續下去時，我總會用冷水沖洗身體，然後回到書桌，把剛才寫的東西再次撕掉。如此反覆之後，我留下仍然需要從頭開始寫起的信，拖著黏黏的身體躺在客廳的地板上時，日出前的東方泛起一片青色。我感覺到氣溫有所下降，彷彿蒙受恩寵一樣。感覺似乎可以暫時閉上眼睛、感覺真的快睡著的時候，那片原野就下起雪來。數十年，不，似乎數百年從不曾停止降下的雪。

❄ ❄ ❄

還算安然無恙吧。

巨大而沉重的刀子似乎在虛空中對準我，我在戰慄中睜大眼睛，心想絕不逃出那片原野。

從傾斜的稜線種植到山頂的樹木很安全，因為漲潮無法湧上那裡。那些樹木後方的墳墓也安然無恙，因為海水不可能漲到那裡。埋在那底下的數百人的白骨乾淨完好，因為海水無法將墳墓沖走。根部乾燥、完好的黑色樹木頂著下了數十年，不，數百年的風雪站立在那裡。

那時我才知道。

一定要背著那下方即將被海浪捲走的骨頭離開。越過漲到膝蓋的海水行走，儘早爬上稜線，絕對不要等待、不要相信任何人的幫助、不要猶豫，一直走到山頂，直到看見鑲嵌在最高處樹木上的碎裂白色結晶為止。

因為沒有時間。
因為除此之外，別無他路。因為
如果希望生命
繼續的話。

2 線

可是依然無法熟睡。
依然無法好好進食。
依然呼吸短促。
依然以離開我的人無法承受的方式活著，依然。

整個世界以壓倒性的音量不斷對話的夏天似乎過去了。我再也不需要時時刻刻流汗，再也不需要全身放鬆躺在客廳的地板上，再也不需要為了不中暑而無數次用涼水沖澡。

世界和我之間產生了蕭瑟的界限。我找出長袖襯衫和牛仔褲穿上，順著不再吹來蒸氣般熱風的道路走向餐廳。我仍然不能做飯，一天也只能吃一餐，因為我無法承受為誰做飯、一起用餐的記憶。但是日子又開始規律起來了。我雖然依舊不與人見面、不接電話，但再次定期檢查郵件並確認訊息。每天清晨都坐在書桌前寫信——那封每次都重新寫起、寫給所有人的告別信。

夜晚逐漸變長，氣溫持續下降。十一月上旬，我在搬家後第一次走進公寓後方的步道，高大的楓樹被染成火紅，在陽光下閃耀不已。雖然美麗，但我內心能夠感受到那美感的電極，可能已經死亡或是幾乎中斷。某天清晨，半凍的地面上結了初霜，踩在那上面的運動鞋鞋底發出碎裂的聲音。和孩子臉孔一樣大的落葉在狂風中翻飛，突然變得光禿禿的梧桐樹[3]莖就像韓語樹名一樣，斑白的樹皮看來好像被恣意剝開。

❄　❄　❄

十二月下旬的某日清晨，我接到仁善簡訊時，正走出那條步道。氣溫在零度以下的天氣，已經持續了將近一個月，闊葉樹種的樹木上，葉子已經落光了。

慶荷啊！

3　梧桐樹的韓文名稱為버즘나무，在江原、濟州方言中，버즘就是버짐，意為乾癬。

仁善發來的簡訊裡，只出現我簡短的名字。

大學畢業那年，我第一次見到仁善。當時我工作的雜誌社沒有專門的攝影記者，編輯記者大多自己直接拍攝照片，但在進行重要採訪或旅行報導時，他們會和各自找到的攝影師結伴同行。由於最長要一起旅行四天三夜，前輩們建議同性會比較方便，於是我拜訪了攝影企劃公司，他們介紹了同齡的仁善。此後三年間，我們每個月都會一起出差。辭職後，我和她也當了二十年的朋友，因此對她的習慣非常清楚。像這樣先叫我的名字，絕對不是問候，而是發生了具體而急迫的事情。

嗯，什麼事？

我脫掉毛線手套回覆簡訊後，等待了一會。因為沒有立刻收到答覆，在我重新戴上手套的時候，收到了她的回音。

現在能來嗎？

仁善不住在首爾，她沒有兄弟姐妹，母親在四十多歲的時候才生下她，因此很早就經歷了母親年老患病的磨難。八年前，她回到濟州山中的村落照顧母親，四年後母親便去世了，此後她獨自一人住在那個房子裡。在那之前，仁善和我隨時在彼此的家裡見面，一起做飯、聊天，但隨著彼此生活的地方越來越遠，在經歷各自曲折的過程中，見面的間隔也逐漸變長。後來，甚至有一兩年沒見到她。我最後一次去濟州是在去年秋天，在那個僅把廁所簡易改造成可在室內使用的木頭結構石屋裡，我足足待了四天，那期間，她向我介紹了一對兩年前從市場買來飼養的白鸚鵡——其中一隻會說一些簡單的話，她也帶我去院子對面的木工房，她一天大部分時間都在那裡度過。她讓我看了用整棵木椿削成的一體成形椅子——一定要坐下來看看有多舒服——她認真地跟我說，還說其實自己也無法理解為何這種椅子賣得不錯，但確實對她的生計有所助益。她把桑椹和覆盆子放在水壺裡，用燒著木頭的火爐煮沸，那是去年夏天她在屋子上方的樹林裡摘下，冷凍保存下來的。茶水酸而無味，在我一邊喝著茶一邊抱怨其味道的時候，她穿著牛仔褲和工作鞋，束緊頭髮，像紀錄片中的木匠一樣，耳朵上夾著鉛筆，用三角尺量著木板畫出切割線。

應該不是讓我現在去那個濟州的家。我發出「妳在哪？」的簡訊時，仁善的留言剛好也傳來。上面寫著以前沒聽過的醫院名字，然後又問我和剛才一樣的問題。

現在能來嗎？

接著又發來簡訊。

妳得帶身分證。

要回家嗎？我想了一下。雖然穿的是比我的身體大兩號的長款羽絨服，但衣服還算乾淨。口袋裡的錢包裝有可以提領現金的信用卡和身分證。我向計程車招呼站所在的地鐵站方向走了一半左右時，一輛空計程車駛過來，我招了招手。

❄ ❄ ❄

最先映入眼簾的，是沾著灰塵、印有「全國第一」黑字的橫幅廣告。我付了計程車費後，朝著醫院入口走去。我心想，說是國內最好的縫合手術專門醫院，但為什麼醫院的名字對我而言如此陌生？我通過旋轉門，進入裝修陳舊且昏暗的大廳後，看到牆壁上貼著手指和腳趾各被切斷一根的照片。我強忍著想避開的念頭凝視了一會，想確實地記住，因為記憶可能比實際上更加可怕。但是我的想法錯了，那些照片讓我越看越痛苦。我慢慢把視線投向照片的右側，那裡並排貼有手指和腳趾縫合的照片。以清晰的手術疤痕為界，皮膚的顏色和質感都不一樣。

仁善在這家醫院裡，這說明她在木工房裡發生了這類事故。

有些人能改變自己的生活，做出其他人很難想像的選擇，之後竭盡全力對結果負責，因此這些人不管以後走什麼樣的路，周圍的人都不會感到驚訝。在大學專攻攝影的仁善，從二十多歲起就開始關注紀錄片，十年間一直堅持做那些對生計沒有幫助的事情。當然，能賺一點錢的拍攝工作她從不拒絕，但只要一有收入，就將資金投進自己的工作裡，所以她一直都很窮。她吃得很少，非常節儉，卻做很多工作。她無論到哪裡都準備簡單的便當，完全不化妝，對著鏡子用剪刀剪頭髮。她在較為單薄的外套和大衣內層加縫羊毛衫，讓衣服穿起來比較溫暖。神奇的是，這些事情看起來好像是故意那麼做似的，非常自然帥氣。

仁善每兩年完成一部自己製作的短片，首次獲得好評的紀錄片，是在越南叢林村莊裡，採訪被韓國軍人強暴的倖存者。那部紀錄片幾乎讓人感覺大自然才是該片的主角，充滿陽光和蒼鬱熱帶樹林的影像，憑藉著這些畫面壓倒性的力量，仁善獲得私立文化財團資助，得以製作下一部電影。用相對較為充裕的預算製作的後續作品，是講述一九四〇年代在滿洲[4]參加獨立軍對抗日本帝國主義的老奶奶，她罹患上痴呆症的日常生活。我非常喜歡這部電影描繪的內容，老人在女兒的攙扶下，在室內也得拄著枴杖走路，她空蕩的眼神和無言沉默，與滿洲平野無止境的冬日森林在寂靜中交會。所有人都預料她接下來的電影也會是走過歷史的女性證言，但出人

4　滿洲係指目前中國大陸東北的遼寧省、吉林省、黑龍江省等地。

意料的是，仁善採訪了她自己——只露出影子、膝蓋和手，陰影中形體灰濛濛的女人，在影片中緩緩說著話。如果不是身邊熟悉她聲音的人，一定不知道受訪的人是誰。那部電影中短暫插入一九四八年濟州的黑白影像紀錄，敘事不時中斷，話語之間有長長的沉默，陰暗的灰牆和光線斑紋，在電影放映期間反覆消失又出現，期待能夠像之前的電影一樣從中獲得感動的人，都感到困惑和失望。不管評價如何，仁善原本計劃將這三部短片連接起來，製作第一部長片，她自己命名為《三面花》，但不知為何，這個計劃中途被迫放棄，她轉而報考了公費補助的木匠學校，並且錄取了。

我知道在那之前，仁善就喜歡進出住家附近的木工房。每當工作出現空檔，她就會在那裡待上幾天，鋸開木材、磨造木板，直接製作自己要用的木造家具，這讓我感到神奇，但我無法相信她真的放棄拍電影，成為木匠。在結束為期一年的木匠學校課程之前，她說為了照顧母親，要回濟州島長住的時候也是一樣。我想她會在故鄉待上一段時間，然後再回來從事電影工作。結果出乎我預料，仁善一回濟州就改造院子裡的橘子倉庫，開始製作家具。當她母親的意識變得模糊，幾乎一刻也不能獨自待著的時候，她在內屋的簷廊設置了小型工作台，用木刨、鑿子製作菜板、托盤、湯匙和勺子等小木器。她母親去世後，仁善開始整頓滿是灰塵的工作室，重新製作大型家具。

雖然仁善的骨架比較纖細，但我因為從二十多歲開始，就看到身高超過一百七十公分的她熟練地搬運攝影設備，儘管對她成為木匠感到驚訝，但感覺並不危險。唯一令我擔憂的是，她經常因為從事木工而受傷。在她母親過世後不久，有一次她的牛仔褲被捲入電砂輪，從膝蓋到大腿處留下了近三十公分的傷疤——她笑著說，無論怎麼用力，都無法將褲子拔出來，電砂輪一直發出巨響、不停轉動，真的像怪物一樣。她兩年前曾發生事故，想擋住倒塌的圓木堆，結果左手食指骨折，韌帶斷裂，接受了半年的復健治療。

這次應該不只是那種程度，而是什麼東西被切斷了。

雖然我應該去服務台詢問仁善的病房號碼，但一對看來失魂落魄的年輕夫婦，抱著手上纏著繃帶的四、五歲孩子，正邊哭邊諮詢。我沒能立刻走向那裡，而是半蹲在大廳中，轉過身去看了看旋轉門外。還沒到中午，但天色陰暗，好像傍晚一般。天空彷彿立刻就要落下雪花，醫院對面的水泥建築物，在冰冷、潮濕的空氣中蜷縮著堅硬的身軀。

我想應該要去領一些現金。走向大廳角落的自動提款機時，我想到我的身分證有什麼用處。因為是分秒必爭的手術，要在沒有監護人同意的情況下施行，現在是不是需要能保證負擔手術費和住院費的人呢？因為仁善的父母都不在了，也沒有手足和配偶。

❄ ❄ ❄

仁善啊！

我呼喚她時，她躺在六人房最裡面的病床上，焦急地凝視著我剛才走進來的玻璃門後方，此刻她等候的人不是我。也許是急需護士或醫生等人的幫助，但是仁善突然好像清醒了一樣，認出了我。她的大眼睛睜得更大，閃閃發光，但很快就變得像月牙一樣細，眼角泛起細紋。

妳來了？

她用嘴型說道。

怎麼回事？

我走到仁善的病床前問道。她寬鬆的病人服上露出瘦削的鎖骨，可能是因為浮腫，臉孔看起來反而沒有去年見面時那麼瘦。

被電鋸切斷了。

仁善低聲說，聲音輕得像沒振動聲帶，彷彿不是手指，而是脖子受傷似的。

什麼時候？

前天早晨。

她慢慢向我伸手問道：

要不要看？

出乎意料的是，她的手並沒有完全包在繃帶裡。被切斷後縫合的食指和中指第一節露在繃帶之外。此外還夾雜著似乎流了沒多久的鮮紅色血液和氧化變黑的血液，覆蓋著手術的痕跡。

我的眼眶不自覺地顫抖。

第一次看到吧？

我盯著她看，不知道該怎麼回答。

我也是第一次看到。

她隱約地微笑著，臉色蒼白，也許是因為流了很多血。她盡可能不使用喉嚨，而是像說悄悄話一樣低聲細語，可能是因為說話時的振動會讓她感到疼痛。

剛開始以為只是被割得很深。

為了聽清楚她的話，我向她彎下腰，立刻聞到淡淡的血腥味。

但是過了不久，痛得讓我無法置信。好不容易脫掉殘破的手套，發現裡面有兩節手指。

要想聽清楚她低聲說出的話語，就必須觀察她那開闔的嘴型。失去血色的嘴唇近乎紫色。

血液噴出來就是在那一瞬間，我突然想到要止血，但之後就想不起來了。

仁善臉上浮現自責的表情。

使用電動工具的時候，無論雙手再怎麼冰冷也不能戴手套，這完全是我的錯。

聽到病房玻璃門打開的聲音，仁善轉過頭去。她從剛才就開始等待的人來了，從她突然鬆了一口氣的表情就可以知道。一個留著短髮、圍著棕色圍裙的六十出頭女人朝我們走來。

是我的朋友。

仁善依然沒有發出聲音，用嘴型向女人介紹了我。

這位是我的看護，和另一位輪流照顧我，她是白天班的。

那名面容溫和的看護笑著向我打招呼。她用酒精味撲鼻的按壓式消毒劑仔細消毒雙手後，將放在床邊櫃子上的鋁箱拿過來，放在自己的膝蓋上。

萬幸的是，跟我關係很好的山下村落老奶奶，正好有事情要去濟州醫院，所以兒子開車來送她去。

在仁善繼續之前暫時停下的說明時，隨著咔嗒的聲音，看護打開了鋁箱。裡面整齊地裝著兩對尺寸不同的針頭、消毒用酒精、裝有滅菌棉花的塑膠盒和鑷子。

老奶奶的兒子是開卡車運送大型快遞的司機，奶奶說要送給我一箱橘子，所以一起去了我家。當時工房裡開著燈，卻沒有人應答，他覺得怪怪的，走進來之後看到我昏倒在地上。因為流太多血了，所以先幫我止血，然後把我抱進卡車的後車廂，送到濟州醫院。我的兩節手指就裝在手套裡，由奶奶拿著。島上沒有能做縫合手術的醫生，所以坐上最近一班飛往首爾的飛機……

仁善的低語中斷了，因為看護把一根針消毒後，毫不猶豫地刺向仁善血液尚未凝固的食指縫合部位。仁善的手和嘴唇同時顫抖，我看到看護用浸滿酒精的棉花消毒第二根針，像剛才一樣刺入仁善的中指。看護將兩根針重新消毒後放入箱子裡，這時仁善才鬆開嘴唇。

醫生說手術很成功。

雖然仁善仍在低聲細語，但不知是不是為了忍住疼痛而用力，偶爾會有細細的混濁聲音從單詞之間漏出來。

從現在開始，最重要的是不能讓出血停止。

由於她盡全力低聲說話，從病房門口的電視裡傳出的新聞主播聲音，令人難以忍受。

說是縫合部位不能結痂，要繼續出血，我必須感受到疼痛，否則被切除的神經上方就會徹底死掉。

我呆呆地反問：

……神經死掉的話會怎樣？

仁善的臉孔突然變得像孩子一樣明朗，差點就笑了出來。

嗯，會爛掉吧？手術部位的上一節指段。

她那圓圓的眼睛似乎在反問，那不是理所當然的嗎？我還是呆呆地望著她。

為了不要爛掉，每三分鐘要像這樣扎一次針，所以看護二十四小時都在我身邊。

三分鐘一次？

我像是只會重複對方話語的人一樣反問：

那妳怎麼睡覺？

我就這樣躺著，晚上過來的看護會打著盹，然後用針扎我。

這得持續多久？

大概三個星期左右。

我目不轉睛地看著她因為鮮血流動而更加紅潤腫脹的手指。我不想再看了，在抬頭的瞬間與仁善的眼神相對。

很可怕吧？

沒有，我回答道。

我看著也覺得可怕。

不會啦，仁善。

我第二次說謊。

其實我想放棄，慶荷。

她沒有說謊。

醫療人員認為我當然不會放棄，尤其是右手食指對每個人來說都很重要。

仁善發黑的眼皮下，目光閃閃發亮。

但是如果從一開始就徹底放棄的話，在濟州醫院縫上截肢的部位就能簡單結束了。

我搖了搖頭。

妳是必須操控攝影機的人，就算是想按下快門，也絕對需要那根手指。

妳說得對，而且即使現在放棄，也會一輩子感到手指的疼痛，所以醫生不建議我那麼做。

那時我知道了，仁善真的在認真考慮是否要放棄。每三分鐘被刺一次那個部位的時候，她應該都會興起這個念頭，所以詢問了醫療人員，現在乾脆放棄不行嗎？為了回答這個問題，醫生可能說明了關於幻肢痛的情況。雖然現在保留手指的疼痛更加強烈，但如果放棄手指，疼痛將會無可奈何地持續一輩子。

居然要三週，太長了。

我不知道那些話是否能成為安慰，只能自言自語。

看護費用應該也不少吧？

是啊，因為保險不給付，所以有家人的病患不會請看護。家人一直要這樣扎的話，當然很辛苦，但是如果想要節省費用，那也沒有辦法。

那一瞬間，我甚至心想幸虧我不是仁善的家人，不需要用我的手每三分鐘在她的手指上扎進那些針。接下來我想到她要如何支付看護的費用。據我所知，仁善在照顧母親的四年裡，把首爾租房的全稅[5]押金都用光了。雖然藉由販賣親手製作的木製家具和小木器可以維持自己一人的生計，但似乎沒有存下因應這種事故的大筆資金。現在只剩下我一個人了，有什麼好擔心的？我曾經問及她的經濟情況，仁善如此回答。雖然有負帳戶存摺[6]，但是存款負數的情況只是偶爾出現，大致上都還有點錢，偶爾錢還滿多的……就這樣吧，還過得去。

❄　❄　❄

現在那個，是雪嗎？

5　全稅，又稱傳貰，是一次繳納足量保證金，不用付月租的租房形式。
6　韓國特有的帳戶形式，從零開始給一定的額度，在額度內可隨時提領金錢的帳戶，存入金額的同時也等於還款，讓負數變成正的。

聽到仁善的話，我嚇了一跳，回頭看了看。

從病房看向道路方向的大窗外，飄散著稀疏的雪花。看著像白線一樣的雪花劃過空中好一陣子之後，我環顧了一下病房，表情空虛的病患和家屬似乎已經習慣了疼痛和忍耐，都沉默地望著窗外。

我看著仁善緊閉嘴唇、望著窗外的側臉。她雖然不是特別美的女人，但有些人卻覺得她很美，她就是這樣，也許是因為擁有聰慧的雙眼之故，但我一直認為是因為她的性格。因為她從來不說廢話，也從未浪費生命陷入無力和混亂中。有時候我會覺得，只要跟仁善短暫交談，那些混亂、模糊、不明確的事情就會減少。她的話語和姿態中蘊涵著沉著的力量，讓人相信我們的所有行為都具有目的，即使付出很多努力的所有事情都宣告失敗，仍會留下意義。即便她現在滿手是血、穿著寬鬆的病人服、手臂上掛著一串串針管也是如此，她看起來不像是羸弱或面臨崩潰的人。

可能會下很多雪吧？

對於仁善的問話，我點了點頭。感覺真的會下很多，四周比剛才更加陰暗。

好奇怪啊，這樣和妳一起看雪。

仁善的目光從窗口轉向我，如此說道。我也覺得奇怪，眼睛似乎總是感到不真實，是因為它的速度，還是因為它的美麗？當雪花像是以永遠不會停止的緩慢速度從空中散落時，重要的事情和無關緊要的事情，頓時變得分明。有些事實變得明確，甚至讓人畏懼。比如說過去數個月間，以完成遺書的矛盾意志堅持下來的痛苦生活。暫時離開自己生命的地獄、探望朋友的這一瞬間，讓我感覺有種奇異的陌生和鮮明。

但是我知道仁善說的「好奇怪啊」是另一個意思。

❄ ❄ ❄

四年前的深秋，仁善為母親舉行葬禮時，幾乎沒有告訴首爾的熟人，但她聯絡了我。夜深時分，村民們各自回家，我以前也認識的幾個紀錄片製作人員都按照飛機時間離開後，濟州市內醫院的靈堂變得非常安靜。不累嗎？仁善問我，我搖了搖頭。雖然覺得應該與喪主寒暄，但是不知道應該對很久沒有分享瑣碎日常的她說些什麼。自從她的母親情況惡化以後，仁善就不希望我來找她了。打電話沒有及時接聽，也沒有馬上回我電話。用簡訊問好，總是幾天後才收到答覆。每當讀到簡短而平靜、無法得知她內心想法的句子時，總會產生距離感。當然，我的生活沒什麼變化，妳也好好過日子吧！這種隔絕的時間在我們之間流逝，如今還能詢問未來的計劃嗎？

那一夜，仁善問我過得如何時，似乎是出於那種無比複雜的心情，讓我提到了關於黑色樹木的夢。我和她隔著盤子坐著，盤子上擺著沒吃過的米糕和橘子，我坦誠地跟她說，在接近冬天的時候，那個夏天做的夢我越是經常想起。我因為習慣性胃痙攣，得去固定的醫院，走在那似乎永遠看不到盡頭的八線車道上，穿越斑馬線時；我蜷縮在喧鬧的咖啡廳角落，等待著約好但還沒到來的對方，望著入口的方向時；從另一個噩夢中醒來，顫抖著仰視天花板的黑暗時，那未知的原野上飄著雪，海水從黑色樹木中湧來。

因此我問仁善，要不要一起做點事？一起種上圓木，給它們塗上墨水，等待下雪，把那些拍成影片怎麼樣？

那麼，得在秋天結束之前開始。

聽完我的話之後，仁善如此回答。她身穿黑色喪服，用白色橡皮筋緊緊綁住短髮，臉龐真摯而沉著。她說，要種下九十九棵圓木，必須在地面結冰之前完成。最晚也要在十一月中旬以前召集人們一起把樹種下，她擁有沒人使用的廢棄土地，是從父親那裡繼承的，所以使用那個地方就可以了。

濟州島的土地也會結冰嗎？

我問她，她回答：

當然，三百公尺左右的山上整個冬天都會結冰。

雪會下到可以拍攝的程度嗎？要是鵝毛大雪就更好了

我之所以再次詢問，是因為從沒想過那件事可以在濟州完成。溫帶和亞熱帶樹種混合生長的島嶼，就算下雪又能下多少呢？我反而覺得比首爾更冷的地方，比如江原道邊境附近的某個地方更加合適。

啊，不用擔心下雪的問題。

她微笑著，眼角泛起細紋。這也是那一整天我第一次看到她的笑容。仁善說濟州是一個雨、霧、雪都很多的潮濕地方，一到春天，因為霧太大而看不到陽光的鄉下女人，甚至會患上慢性憂鬱症。不僅是暴雨頻繁的夏天，就連旱季的春、秋兩季，也都每週下兩三次雨，到三月下旬為止，下鵝毛大雪的情況也很常見。

提前種好樹木是最重要的工作，把人們聚在一起種地也得好好計劃。但是不用擔心拍攝雪景的問題，我一有空就先盡量拍下來。

就這樣，當年冬天想要一起合作的工作，等我回到首爾，就因為必須解決的個人問題而擱置了，此後情況也大致相同。有些年是她，有些年是我的條件不允許或身體不好。但是每年下第一場雪的時候，我總會想起今年也沒能做成那件事。我和她之間總是有人會先打電話，說這裡下雪了，那邊怎麼樣，另一個人回答這裡明天下。如果兩人中有人問明年能做嗎，另一人一定會回答說好，明年一定要做，然後不約而同的笑出來，我也曾想過，也許那樣不斷延後的狀態，正變成那件事的本質。

＊ ＊ ＊

咔嗒一聲，鋁箱又被打開了。我緊張地看著看護將消毒劑充分地倒在手掌上，連手指之間也進行消毒。反而是仁善像什麼聲音都沒有聽到一樣，好像連我在看什麼都不知道一樣，呆呆地看著我。

太鬱悶了，連下床都不允許，就這樣持續著。

仁善的嘴角浮現出溫柔而抱怨般的微笑。

走路不行，連手臂稍微用力也不可以。

看護依次消毒了兩根針。可能是因為在觸摸針時會攜帶細菌，雙手又進行了一次消毒。

綁住的神經不小心的話會再度鬆開，捲到手肘上方，想再找到神經就要重新進行全身麻醉，還要切開肩膀。聽說今年年初有人因為麻醉沒醒過來被送到大醫院去，幾年前還發生過因為敗血症死亡的病例。

仁善打住話頭，我再次清楚地看到看護毫不猶豫地將針扎進仁善傷口的動作，我和仁善一起屏住呼吸後，開始覺得後悔。剛才在醫院大廳裡不是已經明白了嗎？看得越仔細越覺得痛苦不是嗎？

看護把第二根針刺入仁善的中指時，我把視線轉向了放在仁善枕頭旁邊的手機。我能想像仁善的動作，為了給我發簡訊，不移動包紮繃帶的右手，而是小心翼翼地運用腰部、肩膀和左手。現在能來嗎？用盡全力連接子音和母音，還加上空隔，如此問了兩次。但為什麼偏偏是我呢？

我知道她沒有多少朋友，只和少數性格合得來的人連絡。但是我沒想到，在這樣的瞬間她最先想到的人是我。夏天的時候，我一直思考著可能的收信人，寫下請求的話語，但是我沒有想起仁善的臉孔，最大的原因可能是她距離我非常遙遠。她獨自看護母親四年，守著母親直到臨終，所以我不想再給她添麻煩。在那段時間裡，首先跟我保持距離的一方是仁善，我個人情況也不好，但我不敢說真的沒有可努力的餘地了。坐飛機到濟州島不到一個小時，為何我從未想過要拉近我和她之間的距離？

正是因為如此複雜的想法，我才會問「沒事吧？」。我本來是想說沒事的，但在不覺間說出這句話。我剛才看見仁善因為新的痛楚而嘴唇顫抖。她也許是因為在忍受疼痛而暫時失神，在認識她這麼長時間裡，我從未見過她投向我的目光如此空虛。難道只有持續引起如此可怕的疼痛，神經才會連接在一起嗎？我無法接受。二十一世紀的醫術難道除了那些以外，沒有別的辦法了嗎？是不是為了爭取時間而在機場附近尋找，所以才來到這個規模太小的醫院。

仁善的眼睛再次出現光芒。我以為她沒聽到我剛才愚蠢的問題——「沒事吧？」，她彷彿在回答有意義的問話一樣，輕聲說道：

還是先繼續做下去吧！

這是仁善長久以來的口頭禪。在一起採訪旅行的時期，如果遇到問題或邀請的地方有狀況，而我陷入慌張的時候，同齡的仁善總會那樣爽快地說這句話。我還是先繼續吧。不管我是解決了全部的問題，還是只解決了一半，甚至最終還是失敗而歸，她都會架好設備，讓現場幾乎所有人都站在自己這邊，等待著我。如果需要錄製採訪影片，她就會固定好攝影機，為了拍攝照片，她也會拿著相機笑著說道：

想開始的時候就開始。

當我突然被那笑容傳染，心情變得開朗，仁善也會因此而安心，眼睛就變得更加明亮。

嗯，我還是會繼續做的。

那句話就像咒語一樣讓我安心。不管遇到多麼挑剔的採訪對象，即使出現意想不到的突發事情，只要看到她沉著地凝視觀景窗的臉孔，我就會覺得沒有必要驚慌失措，也沒有理由慌張。

❄ ❄ ❄

在那一瞬間，我明白了仁善在最後一次的通話中，也說了類似的話。

八月的凌晨，在夢境和現實之間再次看到黑色樹木的原野，我終於睜開眼睛，從那裡逃了出來。我撐起被汗水浸濕的身體，走向陽台。一打開窗戶，暫時感受到涼風吹拂，但濕氣隨之襲來，很快就變得更加燥熱。

知了又在大吵大鬧，如此看來，牠們好像整夜都那樣鳴叫。沒過多久，隔壁和樓下的冷氣室外機又開始大聲運轉。我先關上窗戶，然後用冷水沖洗像穿著鹽衣一樣黏糊糊的身體。在無處可逃、無處可躲的酷暑中，我躺在客廳的地板上，將手機放在枕邊，一直等到七點。那幾乎是上午唯一能與仁善通話的時間。因為她每天從一大早到晚上六點都在木工房工作，工作的時候手機調成靜音。

嗯，慶荷。

仁善一如往常，愉快地叫我的名字。

過得好嗎？

平淡地問候彼此之後，我說道：那個種植黑色樹木的計畫最好不要再進行下去了，我從一開始就誤解了夢境的意義，真的很抱歉，以後見面再詳細告訴妳。

……原來如此。

我的話剛說完，仁善就立刻回答：

可是怎麼辦？我已經開始了，上次妳回去之後，立刻就著手準備了。

去年秋天，在濟州首先提出這件事的人是仁善。現在我真的可以開始了，仁善說，我也答應了。妳去濟州以後，完全沒做攝影的工作吧？我小心詢問。現在要重新開始了嗎？當我進一步詢問時，她沉思了一會兒才回答：也許吧！

慶荷啊，我從冬天開始就收集樹木了。

仁善彷彿在等這個電話似的，彷彿已經準備好說明過去這段期間發生之事，條理分明地接著說道：

收集了超過九十九棵，從春天就開始進行乾燥作業了。因為現在是夏天，所以有點潮濕，到十月分一定能乾燥到最佳程度。只要在十一月底以前努力工作，在地面結冰之前種下的話，從十二月到三月，每次下雪的時候就都能拍攝了。

我想她也許正在準備了，所以急忙打電話給她，但這讓我十分驚訝。我暗自認為就像過去四年那樣，不管是出於什麼理由，這個計畫是不可能實現的。

那麼，是不是可以用那些樹木製作別的東西呢？

仁善笑了。

不，不能用那些樹木做別的工作。

我很清楚仁善習慣用有微妙差異的笑聲表達感情。當然了，她覺得有趣或快樂時，會帶著親切、調皮的心情笑出來，但是在拒絕任何事情之前，因為要和對方表達不同的意見但又不想吵架的時刻，她也會笑。

對不起，仁善。

我再次道歉。

還是別做了吧，我是認真的。

仁善用毫無笑意的嗓音問我：

妳會不會改變想法？

不，不會的。

我覺得應該回答得更清楚些。

是我的錯，我把所有的事情都想錯了。

手機彼端，她沉默的幾秒鐘感覺比實際更長。

仁善打破沉默說道：

不管怎麼樣，我都會繼續下去的。

仁善啊，妳別做了。我雖然勸阻她，但她卻像大方回應歉意的人一樣，說沒關係。而且她的聲音似乎在安慰我，充滿了耐心。我沒事，慶荷，不用擔心。

❄ ❄ ❄

咔嗒，令人厭煩的聲音再次傳來，看護的鋁箱重新打開，又過了三分鐘了。看護與我目光相遇，像是辯解似的說道：

妳朋友的意志真的很堅強，一直在堅持著。

仁善不置可否，慢慢向看護伸出右手。我覺得沾著血的繃帶太黏稠了。早上護士來擦藥、重新纏上繃帶了嗎？真的換過了嗎？血一直流著。

醫生和護士們都這麼說，這樣堅持真的了不起。

兩個患部被依次插入、拔出針的時候，仁善閉著嘴，看著窗外。濕潤的細小雪花垂直墜落，劃著細細的線條。

雪很奇怪吧？

仁善用模糊的聲音說道：

怎麼可能從天上降下那樣的東西。

❄　❄　❄

似乎從一開始就不需要我的回答，她像是對窗外某處的其他人說話一樣，接著輕聲說道：

我在卡車後車廂裡醒了過來，
可怕的痛覺從被鋸斷的手指開始蔓延開來。
那種痛苦以前根本想像不到，
現在也不能用言語形容。
時間過了多久，
不知道是誰要把我載到哪裡去。
眼睛餘光看著無止境流逝的樹木，我猜想是否正在穿越漢拏山。
在快遞箱子、粗大的橡皮繩索、髒毛毯，車輪鏽跡斑斑的推車之間，我像瀕死的昆蟲一樣蠕動著。
疼得幾乎要昏死過去，
我倒是想昏死過去，不知道為什麼那時候想起妳的書。
書裡描繪的人，不，是當時實際在那裡的人。
不，不僅是那裡，是所有存在於發生類似事情地方的人。
中槍，

挨棍子打，
被刀刺死的人。
該有多疼啊？
兩根手指被切掉就這麼疼，
那些死去的人啊，以要了他們命的程度，
身體某處被貫穿、被砍殺的人啊！

❄ ❄ ❄

那時才知道，仁善一直想著我，準確地說，是想著我們約定好的計畫。更確切地說，是四年前我夢中的黑色樹木。而那本書正是夢境的根源。

下一瞬間，更可怕的猜測浮現我腦海，因此屏住了呼吸。仁善去年夏天說，已經準備好樹木，正在進行上百棵圓木的乾燥作業。從秋天開始，將樹木鋸開、剪斷、修裁，製作成像蜷縮著背的人一樣傾斜、扭曲的人體形狀。

❄ ❄ ❄

妳一直在做那件事嗎？

我彷彿覺得自己無處可逃，結結巴巴地問她：

就是我說不要再做的那件事，妳的手是不是因為做那件事才受傷的？

我明明說過不要做了，為什麼妳一個人還固執要做呢？但是我無法說出口。一開始就不應該向妳提起那個建議，我這個弄不清楚意義的人，根本不應該向妳述說夢境的內容，那種事情根本就不應該把妳扯進來。

那不重要，慶荷。

仁善在看來委婉而肯定的回答之後，似乎要拒絕我所有的道歉、自責和後悔的話語，迅速地接下去說。她不再像說悄悄話一樣輕聲細語，似乎突然克服了所有疼痛，聲音變得清晰起來。

今天要妳來並不是因為那件事，是因為有別的事要拜託妳。

我無法躲避她突然充滿生機、閃耀的雙眼，等待著她下面要說的話。

3 暴雪

一開始以為是鳥類，數萬隻擁有白色羽毛的鳥類緊挨著水平線飛翔。但那並不是鳥，而是強風暫時颳散遠海上雪雲的痕跡。在那間隙中，陽光洩落，雪花閃耀。海平面反射的光線倍增，讓人產生頎長而燦爛的白鳥群從海上掠過的錯覺。

這樣的暴風雪對我而言還是首次遇到。十年前的冬天，我曾在首爾街頭見過積雪達到膝蓋的情景，但填滿天空的密度並沒有這麼大。因為首爾是內陸城市，所以也沒有颳過這樣的風。現在我乘坐的巴士行駛在風雪交加的海岸道路上，我繫著安全帶坐在最前排的座位上，看著被強風颳著的椰子樹。雖然濕滑路面的溫度危險地臨近冰點，但如此多的雪絲毫沒有積累，甚至消失得無影無蹤，這讓人覺得不合乎現實。有時因為無法理解的大氣作用，狂風突然靜止，這時可以觀察大片雪花的下降速度有多慢，如果不是在行駛的巴士裡，似乎可以用肉眼觀察到六角形的結晶。但是，如果風再次颳起，就像巨大的爆米花機器在空中劇烈轉動一樣，雪花會直往上竄。就像雪原本不是從天而降，而是從地面不斷冒出，被吸進空中一樣。

我漸漸變得焦躁起來，因為我認為乘坐這輛巴士是錯誤的選擇。

兩個小時前，我搭乘的飛機在劇烈顛簸中降落在濟州機場，飛行途中經歷了只從新聞節目裡聽過的亂流現象。滑行在跑道上的飛機速度逐漸減慢的時候，坐在通道對面座位上的年輕女子一邊滑著手機一邊自言自語：天啊！我們這班飛機之後的航班全部停飛了。一個看似她戀人的年輕男子回應道：我們運氣好啊！女子大笑說：這是運氣好嗎？這種天氣？

一出機場，暴風雪就颳得讓人睜不開眼睛。在被計程車拒載四次之後，我越過斑馬線，回到機場大廳前，走近身穿螢光色背心、在觀光巴士貨艙內裝載行李箱的員工，詢問他們是否知道我被拒載的原因。五十歲左右的男子聽到我的目的地後，勸我坐公共汽車。他說在大雪警報和強風警報同時發布的濟州島上，沒有計程車想進入仁善家所在的山中村落。他說，公共汽車無論是哪條路線，都會在輪胎上固定鐵鏈後行駛，但如果連夜下雪，就會停駛，從明天早晨開始，山中地帶很有可能就此孤立。該坐哪輛公共汽車呢？我問他，他搖了搖頭。先在這裡隨便坐一輛公共汽車去巴士客運站吧！因為眼睛和鼻子不斷受到風雪的侵襲，他皺緊眉頭說：沒有公車不去巴士客運站的。

我聽了他的勸告，搭上最先到來的市內巴士前往客運站。我非常不安，這裡大概下午五點就天黑了，此時已經超過兩點三十分。仁善的房子離村子很遠，從路口至少還要再走三十分鐘。仁善經常抱怨沒有路燈，她也得拿著手電筒走夜路，在這樣的天候下，我一個人似乎不可能走進去。但是我也不能在濟州市內找一個住宿的地方，等待天亮以後再進去，因為進入山中的道路今晚可能就會中斷。

到達客運站沒多久，途中經過南方海岸P邑的環島快車就進站了。P邑是離仁善家村子最近的小鎮，雖然也有穿越漢拏山、直接通過仁善村莊附近的公車，但由於發車間隔較長，需要等候一個小時以上，所以我坐上了那輛環島巴士。如果要去郵局或農協辦事，仁善就會開著小型卡車下去P邑。我也曾坐在副駕駛座上，與仁善一起奔馳過那條路，從海拔逐漸下降的區間開始，鬱鬱蔥蔥的山茶樹向道路兩側無盡延伸。她告訴我，每小時有三輛連接P邑和村莊的小型支線巴士。在沒有行李、天氣好的時候，她不會開卡車，而是乘坐巴士到P邑，在海邊走走然後再回家。在哪裡散步？當我問起時，她用眼睛示意著沙灘，碧藍的大海夾帶波浪湧上來。

因為那些資訊清晰浮現腦海，我相信那一瞬間我做出了最好的選擇。先乘坐環島巴士到達P邑後，再換乘支線巴士進入仁善的村莊。但問題是濟州島的海岸線形成了長長的橢圓形，在客運站等候一個小時，乘坐橫穿漢拏山的巴士也許會更快。在繞行這麼長的路途中，從P邑進入仁善村莊的小型公車，可能會因降雪而停駛。

眾多盛開著深紅色花朵的亞熱帶樹木，正劇烈地搖晃著身體。下這麼大的雪，卻一點都不會堆積在花瓣上，正是因為陣陣狂風所致。椰子樹揮舞著多條如同長臂般樹枝的動作顯得更加激烈。所有樹木的光滑葉子、花梗和繁茂的枝條，都像獨立的生命體一樣，像要自己擺脫暴雪而抖動著。

我想著與這裡的風雪相比，首爾下雪時是多麼寧靜。就在四個小時前，我從仁善住的醫院出來，坐在計程車後座上看到的雪，就像密密麻麻地縫綴在灰色天空和柏油路之間的無數白線一樣。我離開每三分鐘就要被針刺一次好流出鮮血的仁善；不振動聲帶、只是輕聲細語說話的仁善；不知是因為疼痛還是其他感覺，用閃閃發光的眼睛凝視我的仁善，搭計程車奔向金浦機場。兩支雨刷把像濕線一樣黏在玻璃上的雪花抹掉。

❄　❄　❄

因為仁善要我去她濟州的家，所以我來到了這裡。

什麼時候？

我一問，仁善立刻回答：

今天，太陽下山之前。

從醫院搭計程車儘快趕到金浦機場，坐上最近的一班飛機趕到濟州，不知是否能辦到。雖然我認為這是奇怪的玩笑，但仁善的眼神卻非常真摯。

不然就會死掉。

誰？

鳥。

鳥？我原本想反問，但我記起去年秋天在仁善家裡見到的兩隻小鸚鵡。其中一隻還跟我搭話說妳好，因為那個聲音和仁善的聲音很相似，我對此感到十分驚訝。

在此之前，我根本不知道鸚鵡不僅能模仿人的發音，還能模仿人的音色。更神奇的是，那隻鳥似乎能聽懂仁善的提問，交錯回答「嗯」、「不」和「不知道」等話語，進行了像模像樣的對話。那個早晨仁善說，鸚鵡學舌是錯誤的比喻，因為事實上可以如此交談。她笑著說服半信半疑的我，妳也說說看，過來我的手上。我猶豫了一下，但仁善的微笑讓我鼓起勇氣，於是打開鳥籠，伸出食指。要上來嗎？鳥兒馬上回答說不，我覺得有點尷尬。彷彿要否定剛才的回答似的，鸚鵡飛上了我的手指，細小而粗糙的腳，幾乎沒有重量的身體，我的心奇異地被撼動了。

阿米幾個月前死了，現在只剩下阿麻。

如果我記得沒錯，說話的鸚鵡應該是阿米。不是說還能活十年，為什麼突然死了呢？牠是一隻白鳥，頭上和尾巴的羽毛上有著比檸檬稍淺的黃色細紋。

妳去看看阿麻是不是還活著，如果還活著就給牠水喝。

阿麻與阿米不同，從頭到尾的羽毛都是白色的，看起來更加平凡。雖然不會說話，但是可以流暢地模仿仁善的哼唱。阿米飛到我食指上的同時，阿麻飛到我的右肩上坐著。和阿米一樣，我從毛衣的縫隙中，感覺到牠那沒有重量的身體和粗糙的爪子。為了看清牠的臉，我回頭一望，小傢伙歪著頭，用沉思的左眼看了我幾秒鐘。

知道了。

因為仁善的請求非常認真，所以我先點了點頭。

我回家收拾行李，明天凌晨坐第一班飛機去。

那不行。

仁善平時不會中途打斷對方的話。

那就太晚了。發生事故是在前天，那天晚上做完手術，到昨天為止，我的腦袋裡一片混亂，今天剛恢復精神就跟妳連絡了。

濟州島沒有可以拜託的人嗎？

沒有。

我無法相信這句話。

濟州市或西歸浦也沒有？發現妳的老奶奶呢？

我不知道她的電話號碼。

我覺得仁善的語調很奇怪，幾乎是不容商議。

慶荷，拜託妳跑一趟。在那裡照顧一下阿麻吧，直到我出院為止。

我還想反問那又是什麼意思，但仁善很快接著開口，讓我無法打斷。

幸虧前天早上把水碗裝滿了。小米、乾果也一樣，原本想可能會工作到很晚，所以放了很多。這兩天牠也許無論如何都能堅持下去，但是要讓牠活三天是不可能的。今天之內趕去的話，有救活的可能，但是到了明天一定會死的，一定。

我知道妳的意思了，我安慰仁善，但事實上我並不是真的瞭解。

可是我不可能在妳家一直待到妳出院。我先去把牠救活，然後連同鳥籠一起帶回來。看到牠平安無事，妳也好放心。

不行，仁善頑強地說：

阿麻一定無法忍受環境突然改變。

我感到困惑，在我們成為朋友的二十年裡，仁善從未以這種方式提出過無理的請求。當她傳訊息說需要身分證時，我還以為是發生需要寫手術同意書之類的緊急狀況，所以沒回家就直接坐上了計程車。是不是因為可怕的疼痛和打擊，仁善身體的某些部分發生了變化？難道說這一切都是起因於我提議過的事情，所以想讓我承擔責任嗎？不，能拜託的人真的只有我嗎？得在濟州待上一個月，能夠照顧小鳥的人，沒有工作、家人、日常生活的人？然而不管其中的理由是什麼，我都沒有辦法拒絕。

❄ ❄ ❄

每當強風驅散遠海的烏雲時，陽光就會降落到地平線上。成千上萬如鳥群般的雪花像海市蜃樓一樣出現，在海上飛舞，然後突然隨著光芒消失。在我額頭頂著的冰冷車窗上，兩支雨刷發出嘎嘎聲擦抹的巴士前方玻璃上，巨大的雪花不停地碰撞後消失。

我抬起頭，翻著羽絨大衣的口袋，掏出並打開手中的口香糖薄盒。因為登機時間將近，我在金浦機場的便利店裡買了口香糖。塞在銀箔包裝裡的十二個正方形口香糖中，有一粒已經在飛機起飛時被我嚼了，現在我取出第二粒放在手掌上。我把那個曲線圓滑、中間鼓起的口香糖放進嘴裡咀嚼起來，這是因為偏頭痛的前兆似乎從遠處開始破冰而來。為何會罹患伴隨可怕的胃痙攣和低血壓的偏頭痛，我並不清楚其原因。因為不知道什麼時候會出現，所以總是隨身帶著藥。今天臨時到家門口散步，然後就直接過來這裡，所以沒能帶上。經過前兆階段，真的開始出現症狀後，任何應急處方都已經沒有意義。在之前的臨界點上，能夠有所幫助的，在我的經驗中只有口香糖而已。最好消化的粥也是有害的，一旦開始頭痛，終究會嘔吐出來。

妳要去哪裡？

司機用濟州話大聲問我，因為我沒有行李，穿著一件看起來不太適合遠行的外出用大衣，所以覺得我是當地人。

去P邑。

哪裡？

我更大聲地回答：

到了P邑能告訴我嗎？

雖然近在咫尺，卻聽不清司機的回答，因為聲音被車窗外的狂風吞噬掉。他問我的目的地，可能是大部分的車站都沒有人。巴士裡的乘客只有我一個，如果遠遠的沒看到車站有人等候，就會不減速直接駛過。

但在下一站就有人上車。一名看似遊客的三十多歲男子，在暴風雪中探出上身招著手，似乎光是頂著強風等待公車的到來就已十分辛苦。他沒有付費就坐在駕駛後方，好不容易在旁邊的座位上放下看來十分沉重的背包，然後才從夾克的口袋中取出皮夾。

去機場嗎？

他邊刷交通卡邊問司機，司機大聲回答：

啊，去機場要在對面坐，還有，今天的飛機不會起飛。

不去機場嗎？

男人的聲音中透出幾近絕望的疲憊。

巴士前面明明貼著啊！去機場。

去是去，但是要繞很遠，所以要在對面坐。

我真的等了很久了，只要能去機場，我就坐這班巴士去。

還要繞兩個小時呢！

司機咋舌。

要不要坐那是你的自由，但是今天飛機不會再起飛了。

我知道，我會在機場等到明天早上。

男人雖然始終口吻恭敬，但聲音聽起來好像在壓抑著憤怒，不知是否因為司機有一半的話不是用敬語。

在機場等到早上？機場十一點關燈，然後大家都得離開。

不能在機場過夜嗎？

男人似乎有些吃驚地反問。

那今天沒坐上飛機的人怎麼辦？

什麼怎麼辦？得找個住的地方啊……真是的，這種天氣連個對策都沒有？

司機用後視鏡斜瞥著茫然張著嘴的男人，搖了搖頭。

對話就此中斷。男子似乎死心了，繫上安全帶，打開手機，也許是搜尋濟州市內能住宿的地方或連絡熟人。我把目光投向被他的背包擋住一半的內陸一側車窗。那個方向應該有海拔接近兩千公尺的死火山，但視線中什麼形狀都沒有。只見一大片烏雲和雪霧的白團在虛空中晃動。海岸雖然沒有積雪，但只要高度稍微升高，情況就不一樣了。瞬間雲霧消散，宛如奇蹟般的陽光灑落，像低飛的鳥群一樣飄揚在海面上的燦爛雪花，那種仁慈的美麗，應該不存在於那個山間。到達P邑後，就要進入密度極高的暴風雪中。

❄ ❄ ❄

仁善熟悉這樣的風雪嗎？我忽然想起來。這樣的暴風雪——無法區分雲、霧、雪三者界限的晃動灰白色塊，對她來說是不是很驚訝或特別的事情？自己出生、成長的石屋，在那巨大的團塊中有著明確的座標，一隻不知是死是活的鳥，在那裡等待著。

一起出差旅行的第一年，仁善很少提及故鄉的事情，再加上她說的是完美的首爾話，所以對我來說，她就像首爾人一樣。某個晚上，她用宿舍大廳的公用電話給母親打電話，我在旁邊聽到她跟母親談話後，才切身感受到仁善來自遙遠島嶼的事實。除了幾個名詞之外，她說了一些讓我無法聽懂的方言。她臉上帶著笑容，接連問了些什麼，用幾個我聽不懂的句子開玩笑，在我無法理解的語境中大笑後放下聽筒。

妳和媽媽在說什麼有意思的事啊？

我問她，她爽快地回答：

沒什麼，只是她說又看了籃球。

笑意還留在她的臉上。

媽媽其實就像是老奶奶，因為她四十幾歲才生下我，所以年紀已經六十好幾了。她連籃球規則都不懂，因為覺得有很多人在球場上跑來跑去很有意思才看的。她一個人孤零零的在家裡，沒事的時候很寂寞。

她的聲音裡帶著一絲淘氣，好像是在取笑摯友私下的小習慣。

她都那個歲數了，還在工作嗎？

那當然，濟州島的奶奶們到八十歲都還工作，採收橘子的時候互相幫忙。

仁善又笑著回頭說剛才的故事：

她也很喜歡看足球比賽，因為會出現更多的選手。如果在新聞裡出現遊行和示威的場面，妳不知道她看得多麼仔細，就好像有認識的人會出現一樣。

此後，在火車或高速巴士上，如果覺得時間漫長，或者餐廳裡還沒上菜時，我偶爾會讓仁善教我濟州話。因為她跟母親說的話中濁音很多，而且語調柔和的方言非常好聽。

反正妳去濟州旅行也用不上濟州話，因為大家都能感覺妳不是本地人。

剛開始，仁善並不樂意教我，但當我真正表現出興趣時，她就從簡單的開始慢慢告訴我。最有趣的是動詞和形容詞的詞尾，與韓半島陸地區域的語言不同，我們偶爾也會練習會話，每當我說錯的時候，仁善都會面帶笑容地糾正我。有一天她說：

有人說是因為那裡風很大，所以語尾非常短，因為風聲會打斷語尾。

就這樣，仁善的故鄉只剩下她教給我的、語尾簡短的方言，以及因為想念人而喜歡看籃球比賽、像孩子一般的奶奶形象。我剛辭掉雜誌社工作的那年年底，作為與工作無關的單純朋友，我第一次和她一起待到晚上。

歲末的夜晚，我們在一間有著落地窗的麵店一起吃遲來的晚餐，麵店位於來往車輛不多的雙線道路邊。當時的仁善和我，對於隨著歲月的流逝馬齒徒長一事感到內心沉重。

下雪了。

聽到仁善的話，我咬斷麵條，朝窗外望去。

沒下啊。

車子經過的時候我看到了。

隨後，一輛車駛過，車頭燈光線照耀的黑色空中，閃爍著如鹽粉般的雪花。

仁善放下筷子，走出餐廳。我繼續吃著麵，從窗外望了望她的背影。我以為她出去是要打電話給誰，但她的手機卻好好地放在桌子上。是想拍照嗎？雖然留下相機走了出去，但也許是在想要怎麼拍攝。我與仁善同行的時候，經常發生這樣的事情，所以要不是懷著好奇心看著她觀察什麼、用照相機照了什麼，就是我想著自己的事情，慢慢地等待。

出乎意料的是，仁善沒有回來拿相機。她穿著突顯出肩膀和肩胛骨瘦削輪廓的單薄高領衫，雙手放在淺色牛仔褲口袋裡一動也不動地站著。一輛計程車再次駛過，車頭燈照耀的空中，散開了鹽粉般的雪花。她就像個忘卻一切的人——忘了吃到一半的麵、作為同伴的我、日期、時間和地點。不一會兒，她走回餐廳，我看到她頭上的細微積雪，在走到我們桌前的短短時間裡融化成零星的水珠。

我們無言地吃完剩下的麵條。如果長時間與某人相處，就會隱約學會在哪一瞬間應該少說話。兩人都放下筷子後，過了很長時間，她才開口說自己十八歲時曾離家出走，當時過了一個死劫。我內心很驚訝，因為我很清楚仁善年邁的母親對她的意義。她母親在仁善九歲的時候就守寡，獨自一人把女兒培養到大學畢業。

妳老是說媽媽像奶奶一樣，我真的以為是我和外婆之間的關係一樣。

我對仁善說道。

因為外婆和父母不一樣，彼此之間沒有任何複雜的情感……只是無止境地給予。

仁善靜靜地笑著，同意我的話。

媽媽就是那樣，真的像奶奶一樣對待我，沒有任何期待或責備。

彷彿母親在身邊聽著一樣，仁善的語調非常謹慎。

小時候沒有任何不滿，爸爸和媽媽講話的聲音都不大，家裡總是很安靜。父親去世後更安靜了，我總是感覺世界上只有媽媽和我兩個人。晚上我偶爾會肚子疼，媽媽用線把我的大拇指綁起來，用針刺指甲的下方，然後不停地揉我的肚子。哎呀，我這個瘦得像高粱桿的女兒啊，真是像爸爸一樣體弱啊……她總是嘆著氣自言自語。

仁善用筷子攪著大碗，發現再也沒有剩餘的麵條後，才把筷子放到桌子上。她把筷子擺整齊，像要接受某人的檢查一樣。

但是不知道那一年為什麼那麼討厭媽媽。

＊＊＊

不知名的怒氣從胸口開始順著喉嚨湧上來，讓我無法忍受。我討厭家裡，討厭從獨棟的屋子走到公車站的三十多分鐘路程，討厭得坐公車才能到的學校，討厭上課鈴聲〈給愛麗絲〉，討厭上課的時間，討厭似乎什麼都不討厭的孩子，討厭每個週末都要洗好後熨燙的校服。

不知從什麼時候開始討厭媽媽。沒什麼理由，就像這個世界很噁心一樣，覺得媽媽也很噁心。就像我厭惡自己一樣厭惡媽媽。厭倦媽媽做的食物，媽媽總是仔細擦拭滿是斑駁痕跡的飯桌，她的背影讓我感到厭惡，我不喜歡她那老式的盤髻白髮，像是受罰的人一樣微駝的步伐讓我鬱悶。厭惡的心情越發高漲，後來連呼吸都不順暢，如同火球一樣的東西無休止地從胸口沸騰上來。

因為想活下去，最終選擇離家出走，不然的話，那個火球似乎會殺了我。早上一睜眼我就換上校服，背包裡沒有放進教科書和筆記本，而是收拾了內衣和襪子，提包裡則放進便服。當時也是像現在一樣的十二月，大家互相幫忙採摘橘子然後包裝的時候，所以媽媽一大早就去村裡工作。我有一口沒一口地吃著媽媽用罩子蓋住的飯，找到可能放錢的地方。電視下面裝水電費通知單的鐵製餅乾盒裡有一大筆錢，那是我們家賣掉第一批橘子後的錢。

我記得出門之前，還去媽媽的房間看了看。推拉門開著，被子疊得非常整齊，但是鋪著電熱毯的褥子還是鋪開的。我知道那下面有鋸子，媽媽迷信只有睡在鋒利的鐵片上才不會做惡夢。但是即使隔著鋸子睡覺，媽媽也經常做夢。她會屏住呼吸渾身打顫，偶爾像野貓一樣發出奇怪的聲音，哽咽著哭泣。那個形象、那個聲音對我來說簡直是人間地獄。我當時對自己發誓絕不會後悔，不會再回來。我不會再讓那個人把我的人生染成陰暗的顏色，用她那微駝的背部和可怕的柔弱聲音、用她那個世界上最懦弱、最卑怯的人類形象。

我在客運站的廁所換上便服，買了去莞島的客輪票後離開了濟州島。我在木浦客運站乘坐高速巴士到首爾，抵達時夜已深了，在客運站附近找了廉價旅館住下，記得那時看了幾次客房的門鎖後還是感到不安。我不喜歡被褥上有陌生人的頭髮，所以用沾濕的衛生紙擦乾淨後，蜷縮著睡覺，彷彿那樣就能從污穢中得到保護一樣。

第二天我走出旅館，給住在首爾的表外甥女姐姐打了電話。我之前應該說過，那是媽媽唯一姐姐的孫女，現在在澳洲。早逝的姨媽和媽媽不同，結婚很早，馬上就生下孩子，表姐對我來說和媽媽差不多，表外甥女姐姐比我大兩歲。如果只是叫她姐姐的話，就會被大人們責罵，所以從小就用表外甥女姐姐這個尷尬的稱呼叫她。

當時表外甥女姐姐是大學新生，接到我的電話後，問我是否能找到鍾路，並跟我約好在YMCA大樓的大廳見面。幸好姐姐講義氣，沒有帶長輩們一起過來，但一看到我就開始數落我。這到底是怎麼回事？趕快回家。她問我是不是應該等到高中畢業再做打算？給媽媽打電話了嗎？有沒有回去的車費？現在住在什麼地方？我什麼話都沒回答，立刻從那個地方逃了出來。我雖然拜託她不要告訴任何人，但我知道姐姐當天就會跟所有人說這件事。

在回旅館的路上，我自己下了決心，要做和姐姐說的一切完全相反的事情。我不會給媽媽打電話、當然不會回濟州島、不會等到高中畢業。我想首先得找到工作。看到客運站附近日式餐廳門口貼著的招聘公告後，我走進去面試。我顫抖著說我在附近教育大學讀大一，目前休學了。奇怪的是，老闆沒有起疑，只讓我圍上圍裙，在前場工作了兩個小時，然後就叫我第二天去上班。

從餐廳出來，朝旅館走去的時候，我好像有點興奮。每邁一步，無數的人群都會在我眼前讓開一條路，好像在說「好，現在妳就只要向前走」。胸口的一側緊繃不安，但頭頂上卻一直像被冰水澆灌一樣精神抖擻。我記得當時在想，難道這種感覺就叫自由嗎？天色很快變暗，我穿著在濟州島上已經算很厚的短大衣，但是刺骨的寒意朝我襲來。我把大衣領子豎起來，低著頭，讓脖子少灌進點寒風，走著走著，卻在地基上滑倒，因為薄冰上積了薄薄的雪。我還記得掉下去的時候用雙腳感受到的虛空感覺，心想竟然沒有底部啊，還沒到底啊，我會死。後來才知道那裡的深度是五公尺。

隔天中午我才被發現。在地基下面有著被挖開的工地，從夏天開始停工而被棄置的現場，正好在當天移轉所有權。新屋主和房地產仲介一起來看，他們以為有屍體，嚇了一跳，他們說我還在呼吸，更讓他們吃驚。

我沒有死，是因為掉到用來排地下水的不織布堆上。雖然運氣好，沒有任何骨頭折斷，但問題是頭部受到撞擊。在失去意識的十天裡，我被分類為無親屬病患，住進了附近的綜合醫院。當我終於恢復意識的時候，護士問起我的名字，我加以回答，然後就完全不記得了。我記得突然清醒過來時，表外甥女姐姐紅著眼坐在床頭。我再次失去意識後睜開眼睛，這次是媽媽坐在同一個位子上。昏暗的病房裡只開著床頭燈，在黑暗中，媽媽烏黑的眼睛閃耀著光芒，她看著我的眼睛。

仁善啊，媽媽叫我。

妳回答我，妳能認出我是誰嗎？

嗯，我回答的時候媽媽沒有哭，也沒有責備我，也沒有大聲叫護士，但是開始語無倫次。不知從何時起，她緊緊地握住我的手，烏黑的眼睛依然發光。

那時候媽媽說她早就知道我受傷了，在醫院連絡她之前就已經知道了。她說在我從台基上跌落的那個夜裡夢到我，我回到五歲的模樣坐在雪地上，臉頰上的雪卻奇怪地無法融化。她說在夢裡她害怕得渾身發抖，溫暖的孩子臉上，雪花為什麼融化不了？

❄ ❄ ❄

聽到這段往事的時候，我還沒有親眼見到仁善的母親。之後過了十年，仁善回去濟州島沒過多久的時候，正好我當時工作的公司去濟州進行短期培訓。好不容易排開晚上的行程，叫了計程車去到仁善家的時候，看到她據說處於痴呆症初期的母親，結果是一個乾淨、沉穩的老人，這讓我大吃一驚。她與仁善不同，身材矮小，五官細緻，聲音悅耳，是個還像是少女一樣的老人。好好玩一會再走，她握著我的手歡迎我。我們走出她的房間時，仁善說道：

她見到陌生人可能有點緊張，神智比較清楚。大概是因為個性本來就不喜歡給人添麻煩，但是她對我又哭又鬧，表現得很孩子氣，經常覺得我是她姐姐。

第二天坐上飛往首爾的飛機時，我想起很久以前的冬天聽到仁善離家出走的故事。奇怪的是，我和她母親一樣，覺得仁善很可憐。滿十七歲的孩子，究竟是多麼討厭自己、多麼討厭這個世界，才會討厭那麼矮小的人呢？墊著鋸子睡覺、做噩夢、咬牙流淚、聲音很小、肩膀和背部佝僂成球一樣的人。

❄ ❄ ❄

我們走出麵館，默默地走著。仁善濃密的短髮上蕭瑟地積了雪，也許我的頭上也是如此。每當走過街角時，人跡罕至的白色街道就會像一本巨大的圖畫書一樣展開。在寂靜中能清楚聽見我們腳下踩雪的聲音、袖子摩擦羽絨大衣的聲音、遠處的店鋪拉下鐵捲門的聲音。我們的口、鼻中流瀉出白色熱氣，雪花落在鼻梁和嘴唇上，因為我們的臉孔溫暖，那些雪花很快就融化了，新的雪花又重新飄落到那濕潤的部位。兩人似乎都沒有想到要回自己的家該走哪條路，就像戀人為了延遲短暫的離別而選擇繞遠路一樣，我們繼續沿著地鐵站相反的方向走去，遇到轉角時，就像翻到下一頁一樣，我等著越過安靜的斑馬線。仁善打破沉默，告訴我下一個故事。

❄ ❄ ❄

我出院後和媽媽一起回濟州家的那天晚上，媽媽又講了一次雪花的故事。這次不是那個夢的故事，而是為何會做起那個夢的真實故事。也許是擔心還沒完全恢復的我又會生出逃跑的念頭，她整夜躺在我的身邊，抓住我的手腕，在睡夢中放手後又嚇得緊緊地抓住我。

媽媽說，她小時候軍警把村民都殺了，當時媽媽小學六年級，和十七歲的姨媽去堂叔家幫忙，只有她們避開了屠殺。第二天聽到消息，姐妹倆回到村子裡，為了尋找父母、哥哥和八歲妹妹的屍體，整個下午都在小學操場上徘徊。她們確認各處疊在一起的屍體，從前一個晚上開始下的雪薄薄地覆蓋在每張凍得結冰的臉上。因為積雪的緣故看不清臉，阿姨不敢直接摸，只好用手帕一一擦去積雪確認。阿姨說我擦臉，妳可要看仔細了。本來阿姨是不想讓妹妹摸死者的臉，但是媽媽覺得這句讓她看仔細的話異常可怕，於是抓住阿姨的袖子，緊閉著眼睛貼著阿姨往前走。每次阿姨說讓她仔細看清楚再說的時候，她才會睜開眼睛硬著頭皮看。媽媽說，那天我才明白，人死了身體會變冰涼，臉頰積雪，結滿血絲般的薄冰。

❄ ❄ ❄

在那之後的隔年，仁善開始正式進行從以前就十分關注的紀錄片工作。後來我猜想，那個下雪的夜晚她說給我聽的這個故事，大概是因為她當時正在繪製未來的工作藍圖。

就像無限延伸的白紙一張張被翻開一樣，我們再次回到以前走過的路，向地鐵站方向走去。運動鞋的鞋尖都浸濕了，裡面的腳趾凍僵，塞進大衣口袋的手掌凍得僵硬。仁善頭上的積雪更多，看來像是戴著白色毛線帽，她張嘴說話的時候，就會吐出半透明的如火花般的氣息，在黑暗中蔓延開來。

❄　❄　❄

直到那時為止，我都完全不知情。我一直以為自己沒有外祖父母，親戚只有大姨一家人，是因為媽媽沒有其他兄弟姐妹。恐怕除了我之外，很多孩子都是這樣。因為無論是當時還是現在，大人都不會說起那件事。

那天晚上媽媽跟我說起那件事，怎麼說呢？可能是因為沉浸在某種炙熱的氣氛之中，不，也許該說是寒冷的氣氛才對。因為媽媽就像感覺寒冷似的，下巴一直發抖。媽媽不是那個我自認為太過瞭解的、安靜又悲傷的老奶奶模樣，所以我覺得有些混亂。在那一瞬間，媽媽變成另外一個人的原因，究竟是第一次把數十年前的事情說給女兒聽，抑或是最近差點失去女兒的打擊，我不是很清楚。讓我覺得奇怪的是，在那個時候以及後來，媽媽都沒有再提過我離家出走的事。沒有責怪我的行為，也沒有問過理由。對於幾十年前的那件事也是一樣，她從未說過年幼的姐妹找到家人的遺體，舉行葬禮的過程，也沒有說過之後是以怎樣的毅力和幸運生存下來的，只是說了關於雪的事情。彷彿數十年前在現實裡看到的雪花，和不久前夢見過的那些雪花，其因果關係正是貫穿她人生最可怕的邏輯一樣。

媽媽繼續說：

我啊，只要閉上眼睛，就會想起來。雖然沒有刻意去想，但總是會想起來。可是那天晚上的夢裡，雪花沾在妳的臉上……我凌晨一睜開眼就想，這孩子死了。哎呀，我真以為妳死了。

❄ ❄ ❄

當時仁善說，對於母親的感覺並沒有因此完全平靜下來，之後仍然很複雜，在某些方面反而更加混亂。但是過去一刻也難以忍受的憎惡，從那天晚上開始不可思議地消失了，現在更無法知道，胸口那團曾經燃燒得那麼炙烈的火球，究竟起因為何。

從那以後，媽媽就再也沒有提起過，別說提了，連表現出來都沒有。可是在這樣的下雪天我就會想起，雖然我沒有親眼見到那個在學校操場上徘徊到深夜的小女孩；那個以為十七歲的姐姐是大人，扯著她的衣袖，無法睜開也無法閉上眼睛，挽著姐姐手臂走路的十三歲孩子。

❄　❄　❄

雖然巴士前方擋風玻璃的雨刷不斷擺動，但是無法刷掉狂襲而來的暴風雪。雪的密度越高，巴士的速度就越慢。司機注視著視野不明的前方，側臉顯得有些緊張。坐在駕駛座後面的男遊客也焦急地用手托著下巴，望著巴士擋風玻璃的前方。

我想下車以後就要冒著那暴風雪走路，在難以睜開眼睛的狂風中，幾乎要閉著眼睛一步一步地前進。

我想，這種風雪對仁善來說應該是很熟悉的。

我接著想，如果我是仁善的話呢。

我想起她那沉著的性格，那種無論什麼事都不會輕易放棄的韌勁。我開始想像她下了巴士以後會做的事。

如果她是我，一定會去買手電筒。如果無法立刻搭乘支線公車，天色完全暗下來，那就得走沒有路燈的田野路了。她還會購買雨鞋和鏟子，因為山中與海岸道路不同，從早晨開始降下的暴雪會全數堆積起來。

這真是瘋了，我低聲嘀咕。我不是仁善，我不僅不熟悉這種風雪，連經歷過都沒有，我甚至不愛那隻鳥，為何要頂著這暴風雪在今晚趕到她家。

❄ ❄ ❄

看到農協和郵局的招牌，我猜想公車終於開進P邑。伸手按下車鈴後，公車的速度更加減緩。就像約好似的，車窗外的風好像也減弱了。不，不是變弱，而是像謊言一樣，不知不覺地靜止下來，好像突然進入了颱風眼中。現在才剛過下午四點，天色變得像要迎來更大的暴雪一樣黑暗。

街上不見任何人影，降雪的雙線車道完全沒有車輛經過。移動的只有緩慢落下、令人難以置信的鵝毛大雪。在滿天雪花之間亮起鮮紅的紅綠燈，公共汽車停在斑馬線前。每當雪花落在濕滑的柏油路上時，看來似乎都會猶豫片刻。當然……應該那樣……就像習慣在談話結尾嘆息之人的語氣；就像越接近尾聲越像寂靜的音樂休止符；就像指尖小心地搭在某人的肩膀上，雪花落在濕黑的柏油路上，很快消失得無影無蹤。

4 鳥

搭巴士到這裡的途中，如同此刻，風也曾突然停歇過三、四次。每次我都認為，這是由於不可知的原因而使氣象急劇變化。但這種猜測是錯誤的嗎？有什麼地方是沒有颳風的呢？如果在現在這個瞬間回到那些地方，會不會像這裡一樣，在寂靜中飄著鵝毛大雪？

我下車之後，重新上路的公車引擎聲，緩緩的被雪的寂靜吞噬。我用手掌擦拭落在睫毛上的雪花，尋找方向。在這條環島巴士行駛的公路旁，支線公共汽車不會停車。我得想起以前仁善載我下來時，告訴我的十字路口車站位置。是在哪一個轉角拐彎呢？我決定先往前走，因為不會有迷失方向的顧慮，只要向著山中飄動的巨大雪雲團走去就可以了。如果在那個轉角處沒看見車站，再掉頭往回走就行。

太安靜了。

如果不是雪花一直撞擊並且凝結在額頭和臉頰上，產生冰冷的感覺，我會懷疑這是身處在夢境之中。到處都看不到人或車輛，難道只是因為暴雪嗎？賣鯷魚湯麵和水拌生魚片的餐廳燈光熄滅，難道只因為是星期天嗎？倒放在餐桌上的鐵製椅子、倒在餐廳地板上的招牌，四處都散發出彷彿長時間停止營業的氣氛。掛著粗劣招牌的戶外用品店拉下鐵捲門。服裝店的假人模特兒穿著單薄的秋裝，掛在衣架上的衣服上方覆蓋著米色的布。在這個寂靜的小鎮上，亮出燈光的只有街角的小超市。

我必須在那家店裡買到手電筒和鏟子，雖然不知道是不是可以在小商店裡買到這些東西，但至少可以問一下購買的方法。運氣好的話，也許可以借到，也可以確認進入仁善村子的公車在哪裡停車。這時，店裡的燈光熄滅，一個看似老闆、穿著夾克的中年男子開門而出。他以熟悉的動作把鐵鏈纏繞在玻璃門把手上，迅速鎖上大鎖。我加快步伐。

請等一下。

他坐上停在商店前面的小型卡車，我開始跑起來，不停地擦拭掉落在睫毛上的雪花。

請等一下，大叔。

數萬片鵝毛大雪似乎吞噬了我的聲音。

卡車發動的聲音在雪花的寂靜中慢慢傳開。卡車向著空蕩蕩的道路倒車，我朝駕駛座揮手，用眼睛追逐瞬間遠去的卡車背影。

❄ ❄ ❄

我再也不跑了，彷彿雪花落下的速度與時間的流逝一致，我奇妙地感覺自己的腳步也要加以配合，於是開始步行。卡車到達十字路口之後，往港口的方向右轉。我抬頭望著山的方向，遠處的那個小路柱就是我正在尋找的車站嗎？

我穿越濕黑的柏油路，人行道上每個瞬間都有數千片雪花落下、消失。走到近五十公尺處時，才確定那個路柱是公車站。沒有任何建築物可以躲避雨雪，沒有標明路線編號和說明，只有畫著一個小巴士圖標的鋁製標識牌掛在鐵柱上，迎著風雪。

❄ ❄ ❄

我向著車站走去，心裡想著，這場雪會不會像風停止吹襲一般，突然停息呢？但是雪的密度反而越來越高，灰白色的天空似乎正無止境地生成雪花。

小時候我讀過，要想生成一片雪花，需要極細微的塵埃或灰塵粒子。雲不只是由水分子組成，也充滿經由水蒸氣從地面升起的塵埃和灰塵粒子。當兩個水分子在雲層中凝聚成雪的第一個結晶時，塵埃或灰塵粒子就會成為雪花的核心。根據分子式的不同，六種不同的結晶會掉落下來，與其他結晶繼續聚集。如果雲和地面之間的距離是無限的，雪花的大小也會變得無限大，但落下的時間不會超過一個小時。經由無數次聚集的樹枝狀結晶之間因為是空蕩蕩的，所以雪花很輕。雪花會把聲音吸進那個空間中，讓周圍變得安靜。由於樹枝狀結晶向四面八方反射光線，所以不帶任何顏色，看起來十分潔白。

我還記得那些說明旁邊所附的雪花結晶照片。為了保護彩色頁面，那本書是和薄薄的油紙一起裝訂的，翻過半透明的油紙後，各種模樣的結晶充斥一整頁，那種精緻性令我折服。有些結晶不是正六角形，而是光滑的直六角柱的形狀，在圖案下端用小字註明，在雨和雪的邊界上具有這種形態。之後有一段時間，每當下著雨雪的時候，我就會想起那銀色的細膩六角柱形。下鵝毛大雪的日子，我曾將深色大衣的袖子伸向空中，凝視毛絨上的雪花變成水滴。一想到在圖片上看到的正六角形華麗結晶會在其中凝聚無數次，頭就感到暈眩。雪停了之後，我雖醒來好一陣子，但仍閉著眼睛想像。也許外面還在下雪也未可知。想像自己趴在地板上寫著枯燥的假期作業，而房間裡竟然下起雪來，落在剛剛拔出倒刺的手上、落在頭髮和橡皮擦屑散落的地板上。

奇怪吧？那雪。仁善注視著病房窗外喃喃自語時，她想起的也是這些感受嗎？從天上怎麼可能落下那樣的東西？她詢問時並未注視我的臉孔，像是對窗外的某個人靜靜地抗議一般；就像雪花的美麗是難以接受的事情一樣；就像很久以前在歲末的夜晚，也曾經那樣低聲細語一樣。

下雪的時候我總會想起，那個在學校操場上徘徊到深夜的小女孩。

仁善頭上堆積著雪，好像戴著一頂白色毛線帽。我塞進大衣口袋裡的雙手凍得僵硬。

每當我們在雪上留下腳印時，就會響起如同鹽巴被揉碎的聲音。只要下雪，我就會想起那些事情，雖然不願去想，但總是會想起。

❄ ❄ ❄

走到車站的那一刻，我嚇了一跳。

本以為沒有人，但一位看來至少八十歲的老奶奶，彎腰拄著楞杖站在那裡。她留著白色短髮，頭戴淺灰色的毛帽，披著同樣顏色的絎縫外套，穿著古銅色的毛絨膠鞋。老人歪頭注視著走近的我。我向她行注目禮，但她也只是呆呆地看著。我以為她沒看見，於是再次打招呼，她滿布皺紋的瘦削臉上彷彿露出模糊的微笑，然後迅即消失。

她之所以不顯眼，可能是因為站在積雪的樹下。淺色的毛帽和外套成了保護色。太奇怪了，公車行駛在海岸公路的一個多小時當中，沒有看到任何樹木上積了那麼多的雪。因為強風肆虐，雪花完全都被吹走了。是不是因為雪的密度極高，所以風停止後沒過多久也能覆蓋住樹木？

我回頭看老人視線中空蕩蕩的十字路口。我和她並排站著，觀察著她的側面，她也慢慢地轉頭看我。平淡的眼神，短暫與我目光交會。她的眼神不怎麼親切，卻也不是漠不關心，還隱約透露出溫暖，讓我不由得想起仁善的母親。一樣身材矮小、五官細緻，最重要的是，那結合了冷漠和微妙的溫暖的眼神，非常相似。

可以跟她搭話嗎？

如果是仁善，一定會很容易開啟話匣子。一起出差旅行的第一年，我們負責採訪名山及山下村落的風景，無論在什麼地方，仁善都可以很快和老奶奶們親近起來。她毫不猶豫地問路、豪爽地分享食物、尋找可住宿一夜的民宿。當我問她祕訣是什麼時，她回答：

也許是因為被像奶奶一樣的媽媽撫養長大的緣故吧。

細細想來，她製作的電影也大多是講述奶奶那一輩女性的故事。我猜想她們之所以願意接受採訪，是因為受到仁善親和力的影響。當她們說不下去、凝視著鏡頭陷入沉默的時候，仁善坦率而爽朗的臉孔，一定會帶著鼓勵的神情直視她們。

越南當地的嚮導，為獨居叢林偏僻村落的老人翻譯採訪問題的場面中，我甚至也在想著畫面中沒有出現的仁善臉孔。

這個人問您，對於那天晚上有沒有想說的話。

在翻譯得多少有些生硬的韓語字幕上方，一位把頭髮順到耳朵後面的老奶奶凝視著鏡頭。她小而瘦削的臉上，眼神特別靈動。

為了問您這些問題，她專程從韓國來越南。

老人終於張開嘴唇。她看都不看翻譯一眼，以驚人的集中力凝視著鏡頭回答。

好吧，我告訴妳。

她的目光穿透了相機鏡頭，也穿透了站在鏡頭後方的仁善眼睛，甚至直刺我的雙眼。在那一瞬間，我想那是等待那次見面許久之人的回答，那簡短的同意話語裡，包含了她全部的人生。

❄ ❄ ❄

老人毛帽上的積雪越來越厚。她投以視線的十字路口依然寂靜，出現動靜的只有落下來的鵝毛大雪。

我鼓起勇氣叫她。

叔叔。

仁善曾經告訴我，在這個島上，應該叫長輩叔叔。

大叔、大嬸，爺爺、奶奶，這樣稱呼的人只有外地人。先叫叔叔，即使不會說濟州話，聽的人也會覺得這人是在島上生活了很久的人，所以戒心會降低。

等了很久了嗎？

老人以淡漠的目光轉頭看我。

公車要來了嗎？

雙手拄著枴杖的她慢慢舉起一隻手，指著自己的耳朵，眼睛發光。顫抖著搖頭的老人臉上掛著淡淡的微笑，原本緊閉的雙唇終於打開了。

雪下得真大啊……

老人不停顫抖，好像在告訴我不會再和我說話一樣。她把視線從我身上移開，遠遠地望向公車駛來的方向。

❄ ❄ ❄

我覺得她長得真的很像仁善的母親，不知為什麼，我的心涼了半截。

和仁善好好玩吧！

仁善的母親和這位老奶奶一樣態度謹慎，如果說有一點不同的話，仁善的母親跟我說話的時候使用清晰的首爾話，而不是方言。她們無論感受到何種喜悅或對方的好意，都不會放鬆警覺，彷彿隨時準備好承受下一瞬間的可怕厄運，只有長期在痛苦中歷練的人，才會具有如此沉痛的沉著性格。

當時仁善的母親認為我是誰呢？那天晚上仁善告訴我，母親經常忘記自己有女兒這件事。她把仁善當成姐姐，偶爾會撒嬌，說不定她把我當成姐姐的朋友或熟人。如果是這樣，我使用的首爾話會引起混亂。仁善的母親對我微笑，滿是皺紋的眼皮幾乎閉著，眼睛的光芒模糊。她伸出雙手想握住我的手，我也伸出了雙手。我們雙手緊握，彼此對視。她似乎想知道我是誰，用好奇和懷疑的眼神仔細地觀察我的臉。最終，當我向先放下手、再次溫柔微笑的她低頭致意時，看到仁善站在瓦斯爐前。

在煮什麼？

仁善回答了我的問題。

豆粥。

她沒有回頭看我。

各磨了一半，黑豆和白豆。

仁善開始用長木勺攪著大鍋，我走近她的身邊，她這才轉過臉看我。

媽媽得多吃蛋白質，但是別的東西不容易消化，所以給她吃豆粥。

這是黑豆啊？

不，這是鼠眼黑豆。

這是幾頓飯的分量？

平常都是按時煮一點，但今天妳來了，所以多放了些。

好棒，我說：

剛好我的肚子不舒服。

可能是因為旅途疲勞，實際上我的胃很疼。每當這時，就會出現頭痛的症狀。

哎呀。

仁善微微皺起額頭。

妳來得太勉強了。

我搖了搖頭。

不是啊。

早就想來看妳了，原本想這樣說，但總覺得彆扭，於是就放棄了。在仁善耐心地用飯勺攪拌的期間，我只能看著漸漸變稠的黑糊糊豆粥。

氣味好香啊。

吃起來的味道更好。

仁善帶著自信的微笑，關掉瓦斯爐的火。

要裝在這裡面嗎？

我指著架子上的大碗，她點了點頭。我把大碗放在木盤上遞給她，仁善用湯匙把粥裝進碗裡。我們這樣並排站在洗碗槽前，好像變成了配合無間的姐妹。

她吃這麼多啊？

不輕易失去胃口的人活得久，媽媽會活很久的。

仁善雙手拿著盤子，向母親所在的臥室走去，我快步趕到她前面打開房門。進入房間的仁善把手伸向後方關上門，只剩下我一個人。我不知道要做什麼，只好來回走動，用抹布擦拭好好漆了油的杉木餐桌，擺好兩雙筷子、湯匙，然後把豆粥盛到我們兩個的碗裡，端到飯桌上。我拉出椅子坐下，端詳著熱騰騰的粥碗。

直到熱氣快消退的時候，仁善才拿著裝有空碗的盤子走回廚房。她和我眼睛對視，笑得很開心。

笑什麼？

看到妳這樣，我突然想起以前的一件事。

想起什麼？

仁善把托盤放進洗碗槽後，坐在餐桌對面。

以前我跟妳說過，高二的時候離家出走的事。

沒錯。

我不是說過出院回家的時候，媽媽拉著我的手，通宵說了好多事情嗎？

仁善似乎在問妳還記得嗎，暫時停下話語，盯著我看。

當然記得。在聽到這個故事的夜晚，我曾經想像仁善母親的形象，與剛才初次問候的矮小奶奶樣子連不太起來。可能是因為從棉被裡伸出手來，她的手溫暖的觸感還留在我手裡。四個手掌互相握住，但她並沒有完全相信我。我看著熱騰騰的粥碗，想著是不是有什麼辦法讓她放心呢？為了讓她相信使用首爾話的陌生人是自己親姐姐的好朋友，是不是有什麼方法可以自然地說出來並付諸行動？

那時候沒跟妳說過的事情中，有一個比較有意思的。

仁善的臉上依然掛著微笑。

我被當做無親屬病患住院的時候，媽媽說在這個房子裡看到了我。

那是什麼意思？

我一時無法意會，於是問道。

醫院連絡媽媽，應該是在我恢復意識、說出名字之後。但是就在前一天，我先回來了。

我沉默了一會，問道：

所以呢？是在夢裡？

仁善的臉頰短暫地鼓起，似乎在忍著突然迸出的笑意。

午夜時分，媽媽來到客廳開燈，卻看到我靜靜地坐在飯桌前。

我呆呆地反駁她：

這是因為一定會有像現實一樣的夢境。

因為女兒已經不知去向十天，也許只是暫時的譫妄。

所以呢？她說發生了什麼事？

說煮粥給我喝。

誰？

媽媽煮粥給我喝。

靈魂會喝粥嗎？

我們同時大笑起來。

仁善說：

媽媽的想法也一樣。她邊給我煮白粥，邊暗中許願，哪怕我只能吃一口也好。

如果能吃熱的東西，就不會是死人了。但是我什麼話都沒說，只是看著白粥，就像現在的妳一樣。太餓、太累了，好像連拿起湯匙的力氣都沒有。

我否認了她的話。

我沒有那麼餓、那麼疲憊。

仁善先拿起湯匙，我也跟著舀了一口，放進嘴裡。雖然剛才說不餓，但當又香又熱的粥在嘴裡散開的那一瞬間，我感覺到強烈的飢餓感。

真好吃。

我不由自主地喃喃自語，仁善帶著自信的語調說：

我再給妳盛一些，煮了很多。

我一言不發地吃了半碗多，抬起頭，仁善好像真的成了大姐一樣，用平靜的臉孔看著我。我有些不好意思，於是問她：

最後吃了嗎？

什麼？

仁善反問，在我回答之前，她馬上想起了那件事，搖了搖頭。

媽媽說我沒吃。

仁善向後推開椅子站了起來，打開冰箱門彎下腰，拿出泡菜桶說：媽媽說我就像嘴饞得受不了的孩子一樣，眼睛無法從粥碗移開。因為表情太過懇切，她覺得會不會真的是死去以後回家的靈魂。

仁善把泡菜盛到盤子裡，放到餐桌上。我當時覺得，仁善的臉孔比起在首爾時，變得更加平靜。忍耐和心死、悲傷和不完全的和解、堅韌和淒涼有時看起來十分相似。我想很難從某人的臉上和動作中分辨出這些情緒，或許連當事人也無法準確加以區分吧。

那個冬天媽媽經常說起這件事，有一段時間幾乎每次吃飯都會說：這個死丫頭，想喝粥的那天晚上回來媽媽這裡，吃了一碗粥，又活過來了，呵呵。

❄　❄　❄

每當老人凝望的十字路口信號燈，交錯出現紅色、黃色、綠色時，落到燈光前的雪花就會染上不同的顏色。這段期間經過的公車，只有四輛雙向行駛的環海岸線巴士。沒有聽到公車停下來的聲音，可以推斷沒人在這裡下車，也沒有人上車。

怎麼會這麼安靜？

在海岸公路上坐了一個多小時的車，看到的大海彷彿下一秒就會把島嶼給吞噬一樣，翻覆著巨大的身軀。波濤帶著白色的泡沫從四方湧進，撞擊著防波堤，直上雲霄。

那樣的強風能這樣停止下來嗎？

現在下雪的速度更慢了，雪花似乎與速度成反比，變得更大、更密。每當脫下手套用手掌搓掉睫毛上的雪花時，眼眶就會濕透。視野中的一切都隱隱約約蔓延開來。我彎腰抖落運動鞋上的積雪後，冰涼、濕漉漉的雪花滲進短襪裡。

如果氣溫再升高一些，就會降下密度如同暴雨般的雪。正如同十幾年前仁善在越南內陸叢林裡拍攝的，那毫無慈悲、折斷熱帶樹木的暴雨一樣。

那年八月，從越南回來的仁善整天待在家裡進行編輯作業，當我去她家看望她時，第一次看到了越南暴雨的影片。我與仁善並排坐在電腦前，那時，窗外也響起了雷聲，下起陣雨。所以一時無法分辨出哪個是越南叢林的暴雨，哪個是下在首爾巷子裡的雨聲。異國的陌生花朵和熱帶樹木的厚葉交相搖曳，雨絲濺起。新出現的渾濁水路像江水一樣橫穿村子中間。把褲腳捲到大腿上的女人穿越被泥水淹沒的院子，打開雞籠的門，用草筐救出雞隻。用長鏡頭拍攝、長達十幾分鐘的影片結束時，仁善向受到衝擊而說不出話來的我，講述了熱帶酷暑的故事。

攝氏四十度就像臨界點一樣。從旅館出來，如果有數百隻飛蛾貼在土牆上，躲避酷暑的時候，這種日子的氣溫都會超過四十度，此時出沒的昆蟲種類也會變得不同。碩大而華麗，讓人本能地感覺身懷劇毒的陌生昆蟲，在炙熱的土地上爬行。如果下雨，就會像裝在巨大的水桶裡一樣傾盆而下。那次暴雨非常特別，因為連續下了兩天兩夜。

在完成臨時剪輯後，仁善叫了幾個好朋友進行試映前的預先放映。在電影中，暴雨的場面被放在那個回答「好吧，我告訴妳」的老人的日常生活之後。老人到院子裡清洗煮茶的水壺，抽水之後，井水從水管流出，然後沖洗水壺內外兩三次。那天晚上軍人來了。第四次清洗水壺時，老人低沉的聲音和字幕一起出現在畫面中。在證言尚未結束的時候，暴雨的場面就開始了。大雨傾盆而下，降在用草編織固定的屋頂上。老人院子裡的黃銅水井在濺出的雨水中折射出光芒，茂盛的野生茉莉花籬笆晃動。泥水湧進雞隻拍動翅膀的雞籠裡，女人捲起濕透的棉布褲管，頂著草筐穿越雨水流動的院子。剛放進籃子裡的小雞頭頂像濕毛線球一樣晃動。

❄ ❄ ❄

幾乎呈正六角形的雪花，才落在戴著手套的手背上，就迅即融化。隨後飄落在其旁邊的雪花散落了三分之一左右，但剩下的部分仍保留著四根細緻的樹枝形狀。那些毛茸茸的樹枝最先消失，像鹽粒一樣小的白色中心部位暫時殘留，然後凝結成水滴。

人們經常形容說像雪一樣輕，但是雪也有重量，像這滴水一樣。

也有人說像鳥一樣輕，但是牠們也有重量。

我想起阿麻停在我毛衣右肩線縫裡的粗糙腳爪，也想起以我的左手食指為架子，坐在上面的阿米溫暖而柔軟的胸毛。這種與活著的生物接觸的感覺很奇怪，既不是被火燙傷，也不是出現傷口，卻無法從皮膚抹去。之前我接觸過的任何生命都沒有牠們那麼輕。

怎麼會這麼輕？我詢問的時候，仁善搖了搖頭，似乎她自己都不知道。她說，為了減輕重量，鳥類的骨頭裡有空洞，器官中最大的是氣囊，形狀像氣球一樣。聽說鳥類吃得很少是因為胃小，血液和體液也只有一點點，所以即便只是流一點血或口渴，也會有生命危險。因為瓦斯火花中釋放出的一些有害物質也會污染整體血液，所以她們家換成了電磁爐。

仁善降低了聲音，彷彿相信鳥兒真能聽懂自己的話一樣。

其實也有後悔的時候，如果養了貓或狗，就不用這麼小心了。

鳥兒瞬間從我的肩膀和手指上同時飛起來。我以為牠們是在空中振動翅膀，結果阿麻停在仁善的肩上，阿米停在面向院子的窗框上。牠們飛起來之前，揮動自己的身體，我感受著像泡沫一樣留在我皮膚上的感覺。我問仁善：

牠們大概多少克呢？

仁善看著坐在肩膀上的鳥兒回答：

這個嘛，大概二十克吧。

不知道為什麼，那時我眼前浮現受孕初期胎兒的形象。我很久以前曾聽過，可以感知到胎兒心跳時，大概就是這個體重。這個時期，在受精卵裡蜷縮成圓形的胎兒形狀，看起來與小鳥極其相似。

第二天早上，仁善用小貨車送我到機場。回到首爾後，每到失眠的夜晚，我偶爾會上網尋找有關鳥類的資料。當時還閱讀了標題為《鳥類是生存至今的恐龍》的科學雜誌報導。地球表面因為與巨大小行星相撞而著火、沸騰時，在覆蓋整個大氣層、幾乎將所有動物和植物都滅絕的火山灰中，飛行了幾個月之久的生命就是有羽毛的恐龍——鳥類。那時我還找到一個網站，整理出幾乎所有現存的鳥類照片和學名。我無意識地讀著那些記不住的學名，時間因此緩慢流逝。某個夜裡，我偶然找到用簡潔線條繪製的鳥類剖面圖，因為特別美麗，還儲存了圖片。身體中間真的有像氣球一樣的氣囊，骨頭上橢圓形的洞像笛子的音孔一樣穿透。我在黑暗中自言自語說道：所以才會那麼輕啊！也因而想起毛衣線縫裡的粗糙腳爪。

❄ ❄ ❄

偌大的雪花落在我的手背上，這雪是從一千公尺以上的雲端落下來的，那過程中究竟凝結了多少次，才會變得如此巨大？但為何依然如此輕巧？如果存在二十公克的雪花，那得是多大的形狀啊？

我觀察老人如同石像一樣動也不動、雙手拄著枴杖的側面。她到底等了多久了呢？拄著枴杖的手會不會凍僵呢？時間似乎靜止不動，在所有商店都關上大門的這個寂寞小鎮上，活著呼吸的似乎只有站在公車站牌下的兩個人。我突然想伸手去擦拭老人白眉上的雪花，好不容易才壓制住這種衝動。我感到一種莫名的恐懼，當我的手觸碰到她的臉和身體時，她會不會整個人散落、消失在雪中？

❄ ❄ ❄

看起來雖然健康，但也不能掉以輕心。

聽說鳥兒不管有多麼不舒服，都會裝作若無其事地坐在架子上。為了不成為捕食者的目標，而基於本能地堅持下去，如果從架子上掉下來，那就太晚了。

仁善神情憂愁地說著，阿麻坐在她的肩膀上。

白鳥的臉孔雖然朝向我，但並未注視著我。一隻眼睛和仁善對視，另一隻眼睛看著映照在牆上的自己影子。肩上坐著鳥的仁善影子比實際大將近兩倍，我覺得很有意思，於是從背包的筆筒裡拿出鉛筆走近牆壁。

如果不滿意的話，等一下我會用橡皮擦擦掉。

我在白色壁紙上沿著影子的輪廓用鉛筆畫出仁善像巨人一樣的頭部、肩膀和巨大黑鳥的形狀時，為了不讓線條散亂，仁善靜止不動。窗框上的阿米撲稜一聲飛了起來，移動到罩燈上。光源晃動，影子也跟著晃動。罩燈一靜止，影子也不自覺地回到輪廓線內。

不，不。

阿米像嘆息一樣低聲在罩燈上說話，似乎是無意中學會了主人重複的話。究竟是在什麼情況下，仁善會反覆說這兩個字呢？

仁善撫摸著依然坐在肩膀上的阿麻的頭說道：

你們該睡覺了。

好像約定好的信號一樣，仁善開始唱起歌來。我從來沒聽過這首歌，好像是旋律熟悉的搖籃曲。第一小節由不知其意的方言組成，在那一節即將結束之前，阿麻開始哼唱同一小節，變成輪唱歌曲。令人驚奇的寂靜、微妙交錯的和聲斷斷續續地延續著。阿米好像在傾聽，一動不動地坐在罩燈上，臉孔對著我。牠的一隻眼睛看著在牆壁上移動的仁善和阿麻影子，另一隻眼睛則應該是看著在玻璃窗外的院子裡，因夜晚光線而搖晃的樹木。我很想知道這樣以兩個視野生活，究竟是什麼樣的感覺。

會不會像那首輪唱的歌曲，在做夢的同時，還活得像現實一樣？

❄ ❄ ❄

痛覺線開始啟動了，從眼球內側開始，經過脖子連接到僵硬的肩膀和胃腸。口香糖已經沒有糖分了，我在公車上就已經吐掉，再拿出口香糖嚼，似乎也不會好起來。

我脫下手套，揉搓雙手，揉出一點熱氣，然後按摩閉上的眼睛和眼窩。我彎曲膝蓋蹲下，再站起來，轉動肩膀和脖子，挺直且伸展腰部做深呼吸。

我反覆往前、往後各走三步，然後回到老人身邊。

如果儘快泡在熱水裡，說不定可以避免胃痙攣。如果可以喝熱粥，在溫暖的地方伸展身體、放鬆身體的話……

如果仁善現在不是在首爾的醫院，而是在家的話，我想像著。如果她被我的電話嚇到，開著卡車來接我的話，對著坐在副駕駛座上按摩眼圈的我說：妳以前喝完豆粥就好了吧？回去喝豆粥吧！眼角浮現出自信的微笑。

❄
❄
❄

十字路口紅綠燈的燈光更明亮了，落在燈光前的雪花散發出更加鮮明的色彩。天要黑了。

公共汽車終究還是沒來。

即使公車現在出現，到達仁善家村落的時候天色也暗了，很難找到路。

現在該是坐環島巴士去西歸浦尋找住處的時候。如果有週日開業的藥店，應該可以買到泰諾止痛藥。如果藥物也無效，明天上午到內科就診，也許可以幸運地拿到唯一能治療偏頭痛的處方。

在那之前，我應該打電話給仁善。

我不自覺地自言自語，熱氣在雪花間蔓延開來。不，應該發簡訊，因為仁善很難接電話。也因為在手機震動的瞬間，針或許正扎進手指。

鑽進眼球內側的疼痛越來越尖銳。明知沒用，我還是從口袋裡拿出口香糖，把兩顆正方形的口香糖拿出來，一起放進嘴裡咀嚼，但因為覺得反胃又吐了出來。我用口袋裡在飛機上拿到的面紙包起來，紙團一按下去就滲出黏糊糊的液體。

不，我改變心意，決定打電話。輸入文字的動作對仁善來說反而更難。如果不方便拿電話，看護會把手機貼在仁善的耳朵上。就算仁善不使用聲帶輕聲細語，在這種寂靜中，我相信自己不會漏掉她的每一句話。

應該告訴她我要放棄。我會說正在下暴雪，身體不舒服。仁善知道我的偏頭痛會突然襲來，也知道隨後的胃痙攣會讓日常生活停擺幾天。更何況，對於濟州島的暴雪和交通狀況，她應該比我更清楚。

❄❄❄

響到第五聲時，我按下結束通話鍵。過了一分鐘之後，我又再次按下通話鍵。我的手機機型老舊，早就該換了，顯示電量的標示只剩下一格。

終於有人接了，仁善啊，我叫她名字的同時，豎起了耳朵。我聽到女人急切的聲音，而不是仁善的低聲細語。

等一下再打，等一下。

通話瞬間中斷，我呆呆地看著液晶畫面。聲音像是看護的，而且似乎不是在仁善的那個病房，而是被喧囂、急促的聲音所包圍。

我無法判斷這是什麼情況。電量只剩下百分之十幾，要想再次打電話，就必須充電，我必須去西歸浦。

我不自覺地把緊握的手機放進口袋裡，我看著老人的側面。如果公車已經停駛，那麼在離開這裡之前，是不是應該告訴這位老奶奶？她聽不到聲音，依靠枴杖，應該需要幫助吧？

老人似乎沒有感覺到我的視線，依然一動也不動地遙望著十字路口。為了搭話，我必須接觸她的身體。當我伸手要碰觸她肩膀的瞬間，老人的表情有所變化。她那帶著全新光芒的視線投向的地方，車頂上積著厚雪的小支線公車像謊言一樣出現，從十字路口轉過來。

❄ ❄ ❄

巴士伴隨著引擎聲駛近。雪花吸納了笨重的聲響，車子發出類似用粉筆末端刮黑板的聲音停下，其聲響也被雪的寂靜吞噬。

前門開啟，車內的潮濕暖氣湧出，味道撲鼻而來。司機戴著棉手套、手握排檔桿，問老人：

等很久了吧？

他戴著黑框眼鏡，身穿藏青色制服，是一名四十出頭的男子。

山上有兩輛公車陷入雪裡，太冷了，您一直等到現在啊？

我看著老人的側面，她沒有回答，只是指著耳朵點頭，動作和之前一樣。她拄著枴杖慢慢走上車內，我跟在她後面，緩慢地上了公車。這是一輛沒有載人的空蕩公車。

去世川里嗎？

在刷公車卡之前我問道。

是的，會經過。

在司機更改為恭敬的首爾話語調中，我感受到與剛才不同的距離感。

到世川里以後，能告訴我一下嗎？

世川里的哪裡？

司機反問：

光是世川里就會停四次，村子很大。

我記不得離仁善家最近的公車站名字，只想起語感生疏的濟州話。在猶豫要怎麼回答的時候，司機觀察我的表情。兩支雨刷嘎吱嘎吱地刷掉落在前方玻璃上的雪花。

原本這輛車開到九點，但今天就不再行駛了。

因為我沒有立刻回答，司機再次說明：

這輛公共汽車是今天進到世川後再出來的末班車。

可能因為我說外地話，而且形容和狀況不尋常，所以才告訴我的。我向他致謝。雖然不知道車站的名字，但是一到那裡我就能知道，待會再告訴您。

我說著自己也沒把握的話，刷了公車卡。我走到公車裡，坐在以拐杖支撐著佝僂上身重量的老人後座。她毛帽上的積雪不覺間融化，每根絨毛都凝結著水滴。

❄ ❄ ❄

我回答公車司機的話並不完全是謊言。

離仁善家最近的車站，雖然步行要超過三十分鐘，但有一棵看起來樹齡大概是五百年的大朴樹，我也還記得賣飲料和香菸的小店位置。如果不是變得完全漆黑，哪怕只有一點微光，我也不會錯過那麼大的樹木。

所以不管現在仁善發生什麼事情，我能做的最好選擇就是去她家。在那裡給手機充電，給她打電話。這也是她最想要的結果。

運氣真好，我想著。我乘坐最後一班飛機進入島內，剛剛坐上了送我去仁善村莊的最後一輛支線巴士。我想起在飛機上聽到的戀人之間對話。這是運氣好嗎？這種天氣？

乘著這好運氣，我正陷入何等危險之中呢？

我的頭靠在冰冷的車窗上，忍受著像用鈍刀把眼球內側挖出來的疼痛。和往常一樣，疼痛讓我覺得孤立。我被囚禁在自己身體每個瞬間產生的拷問之中，因為太過疼痛，我似乎從還沒有開始疼痛的時間、從沒有疼痛的世界中被分隔出來。

如果現在能躺在溫暖的地方。

我想起去年秋天仁善讓給我睡的主臥室。房間的主人彷彿暫時外出一樣，被子疊得很整齊，像是為了我而重新洗過一樣，有柔軟精的味道，非常乾爽。我在舒適溫馨的被窩裡沉沉熟睡，卻在午夜時分睜開眼睛。我突然想確認一下，於是掀開被子，看到應該很老舊的生鏽鋸子還放在那裡。

❄ ❄ ❄

天色正快速變暗，巴士駛入在海岸道路上看到的灰白色雪霧和雲團中。不知何時開始，路邊的房子漸次消失，白雪覆蓋的闊葉樹形成了無盡的森林。

逐漸減速的公車停了下來。坐在前面的老人站了起來，奶奶沒有開口說目的地，司機怎麼知道她要下車的地方？難道是因為這是每天都在這裡行駛的公車，所以認識所有住民？奶奶仍然在發抖，支著拐杖走到後門，回頭看我。用不知是模糊的笑容或是無表情的臉孔看了我一眼後轉身。

在沒有人煙的地方讓乘客下車，難道沒有問題嗎？我仔細觀察，才看到在樹林中用黑石砌成的圍牆。在積雪的牆與牆之間有路，沿著那條小路走進去的話，會有村子嗎？等老人雙腳完全踏上被雪覆蓋的地面後，司機關上了後門。迎著鵝毛大雪彎腰走路的老人漸行漸遠，我轉頭凝視，直到再也看不見她。我無法理解，她和我既沒有血緣關係，也不是熟人，只是暫時並肩而立，是彼此不認識的人，但我為什麼會像跟她告別一樣，內心有所觸動呢？

在微微傾斜的上坡路上徐行五分多鐘後，公車停了下來。熄火後，司機拉起手剎車大聲對我說：

裝上雪鏈以後再出發。

風從司機打開下車的前門吹進來，頭痛越來越嚴重，我的心漸漸麻木，和那位陌生老奶奶告別的事情不覺間就被拋到腦後。不安、需要拯救鳥的想法、連對仁善的心意，都被疼痛完全排除到九霄雲外。

我感覺到天色更加黑暗，灌進車內的風越來越猛烈。暴風雪又開始了。那位老奶奶站在P邑的車站時，散發出寂靜的感覺，但隨著她的消失，寂靜彷彿也被收回一樣。

樹林在呼嘯、搖晃著，樹頂的大雪紛飛。我把彷彿要裂開的額頭貼在車窗上，想起在海岸道路上看到的暴風雪。想起在遠處地平線上飄散的雲彩中，像數萬隻鳥群一樣低飛的雪花。想起了像要吞噬島嶼一樣，捲著泡沫湧上前來的灰色大海。

❄　❄　❄

還可以選擇，我可以不從這輛公車下車、可以和那個司機一起回P邑、在那裡可以換乘公車去西歸浦。

哎呀，天氣這麼糟糕……

司機撣了撣頭上的雪，走上公車。坐在駕駛座上，繫上安全帶，發動車子。車前燈亮起，在猛烈的暴風雪中像是匍匐前進一樣，公車開始前行。單線車道在鬱鬱蔥蔥的杉樹叢中蜿蜒而行，微弱的光線中，數千棵高大樹木在雪花中搖擺，彷彿我久遠夢中的黑色樹木依然活著。

5 餘光

雪落下來

落在額頭和臉頰上
落在上嘴唇、人中上。

不冰
像羽毛一樣的
只有細毛筆尖掠過的重量。

是皮膚結冰了嗎？
像死者的臉一樣被雪覆蓋著嗎？

但是，眼皮似乎並沒有變涼，只有凝結在那裡的雪花是冰冷的。融化成水滴，滲入眼眶裡。

❄ ❄ ❄

我的下顎在顫抖，牙齒碰撞，發出嗒嗒的聲響，如果把舌頭塞進牙縫間，似乎會被咬傷。我張著濕潤的眼睛環視周遭的黑暗，那是和閉上眼睛時一樣的黑暗。看不見的雪花掉進瞳孔，我眨著眼睛。

我把戴著帽子的頭轉向旁邊，側躺著。我屈起手臂、彎起膝蓋，逐漸活動從脖子到腳部的關節。骨頭不像是斷了，雖然腰和肩膀很痛，但程度並不是非常嚴重。

❄ ❄ ❄

我得站起來活動，不能再失去體溫了。但是我不敢，不知道這是哪裡，連要走的方向都不知道。

不知道是什麼時候把手機弄丟的。就在灰青色的微光幾乎消失時，第一條岔路出現，那時我打開了手機的手電筒。因為電量不足，原本只想在必須做出重要選擇時使用，但這一瞬間很快就到來了。我分明記得是兩條路，但寬度不同的三條路從樹林間延伸出來，讓我搞不清楚。本以為只要有燈光就能判斷，被雪花的白光覆蓋的樹木卻一致垂下陰影，反而讓我感覺更加陌生。但是沒有時間猶豫了，我當時憑記憶選擇了稍微傾斜的寬闊下坡道路，沒有選擇相對狹窄的上坡路，在三條路當中朝最寬闊的道路邁出步伐。就是在那一瞬間，我滑入雙腳踏不到底的雪堆。

我本能地用雙臂護住頭，手機好像就是那個時候遺失的。從斜坡上滾下來時，頭部和身體雖然一直撞擊石頭和岩石，但沒有失去意識。睡袋一樣的羽絨大衣和雪堆減少了衝擊。

＊＊＊

在這麼短暫的時間裡，天色就變得如此陰暗了嗎？

我是否在不自覺中失去了意識？雖然我相信自己沒有。

我舉起顫抖的左手、挽起袖子，在眼前摸了摸手錶，但我早知手錶的時針和分針不會發光，看到的只有黑暗。

我感覺用鈍刀刮眼睛的頭痛已經消失，可能是因為受到衝擊，分泌出麻醉物質，導致心跳加快。但比起疼痛，更可怕的是寒冷。牙齒無法停止顫抖，下巴關節發麻，似乎快要脫臼。在充滿棉絮的連帽大衣裡，冰雪的寒氣從下方滲透到脖子部位。我用雙臂用力抱住扭動的膝蓋想著。

我走錯路，滑了下來，現在躺著的這條路，好像不是路，而是旱川。在凹陷的地形上結著薄冰，上面積滿了雪。這座火山島上幾乎沒有河流，只有幾條在暴雨和暴雪中才會流淌的乾涸水道。仁善曾在散步時說道，以這條旱川為界，原本村子是分開的。據說旱川的一邊聚集了四十戶左右的房子，一九四八年下達疏開令[7]後全部被燒毀，住民被殺，全村被廢。

所以那個時候並不是孤零零的房子，因為過了一條旱川就有村子了。

如果這裡是那條旱川，至少不是走錯路了。只要能回到剛才的岔路口，就能找到方向。問題是不知道我滑了多遠，有可能是三、四公尺，也有可能是十幾公尺。如果不是這麼黑暗，應該能看清方向。只要口袋裡有打火機或者一盒火柴就行了。

7 為因應空襲或火災，將集中於一處的住民、物資或設施等加以分散的命令。

不應該從那輛支線公車下車的。

❄ ❄ ❄

離我遠去的徐行公車，在雪上留下了雪鏈的車轍，但在風雪中看不到車尾的時候，胎痕已經被鵝毛大雪覆蓋，沒有留下任何痕跡。

雖然天色已黑，但仍有一點灰色光線留在虛空中。那個光線反射在積雪上，還能夠辨認事物。雖然村子裡唯一的店鋪沒有亮燈，但門下卻透出類似夜燈的微弱光芒。為了確認裡面有沒有人，我推了一下推拉門，但門鎖著，拍打也沒有動靜，好像不是兼營店鋪的住家。

我依靠餘光決定方向，開始往前走去。走出大街，穿過被雪覆蓋的田牆[8]和漆黑的溫室，走進了針葉樹林中。那條路是只能讓一輛小車勉強穿行的道路，積雪的高度到達膝蓋。因為踩進雪裡之後，必須再把雙腳拔出來，所以很難加快速度。運動鞋和襪子很快就濕了，積雪鑽進腳踝和小腿。沒有可作為地標的建築，樹木漸漸陷入漆黑之中，加上被雪覆蓋，所以完全無法辨認樹種。現在可以相信的只有上坡

8　在濟州島的農田邊緣用石頭砌成的小型圍牆。既能保護旱田，又能保護糧食不受風害。

和下坡的感覺，以及變窄或變寬的道路記憶。

值得慶幸的是，在樹林裡行走的過程中，強風變緩了。讓我連眼睛都睜不開、不停撲面而來的暴風雪，似乎漸漸變得溫和起來，然後幾乎平靜下來。只有我在雪中邁出腳步、將腿拔出來的聲音，打破了夜晚的寂靜，伴隨著我前行。雖然獨自一人讓我恐懼，但我覺得如果那一瞬間出現什麼東西反而更可怕，不管是野獸還是人。

從樹木的高度和輪廓來看，我似乎正經過杉樹林。去年秋天，我留下正做著木工的仁善，獨自散步到車站。回來的路上，高大的樹木被風吹動，發出布料摩擦的聲音。我覺得這個島嶼的風就像加入效果的聲音一樣，總是鋪墊著什麼。無論是猛烈地颳過，還是溫和地吹拂過樹木，就連難得的寂靜時刻，都能感受到它的存在。尤其是在針葉樹和亞熱帶闊葉樹混合生長的區間，根據樹種的不同，風以不同的速度和節奏在枝葉之間穿越，發出無法形容的和聲。油亮的山茶葉隨時都在變換角度，反射光芒。楓葉藤蔓沿著高不可測的杉樹樹幹纏繞，像鞦韆一樣搖晃，不知躲在哪裡的暗綠綉眼鳥像發出信號一般輪流啼叫。

在每分每秒都更加黑暗的雪地上，我思考著那颳來的風。我每一步都能感受到那隨時都能成形、像影子一樣清晰的風，如同寂靜背面的墨跡一樣。鵝毛大雪在微光中不停地降下來，岔路終於出現時，天色真的完全變黑了，被雪覆蓋的樹木發出令人毛骨悚然的白色光芒。在不停下著的雪中，伸展出三條被黑暗淹沒的道路。回頭一看，我深邃的腳印在雪地的單行道上，沉浸在靜寂之中。

❄ ❄ ❄

現在鳥兒會是什麼情況？

仁善說今天之內要餵牠水才能救活。

但是對於鳥兒來說，今天是到什麼時候為止呢？

小鳥睡著就像熄燈一樣。

去年秋天的傍晚，鳥兒自由放飛了一個多小時，依次進入鳥籠後，仁善向我如此說道。在蓋上黑色的遮光布之前，我們先看了鳥兒的眼睛。

牠們這樣睜著圓圓的眼睛啼叫，沒有光以後就會立刻睡著，好像連接著電源一樣。哪怕是深夜，只要把這布掀起來，牠們就會立刻醒來，啼叫說話。

❄
❄
❄

羽絨大衣外面的小腿和腳已經不再冰冷。我伸出戴著毛手套的手，撫摸發麻的腳踝。我把雙膝往身體方向拉近，為了讓外套包住像球一樣的身體，不要讓寒風進入胸部和腹部，更加緊密地捲起身體，但是連腳都想用外套包住是不可能的。

也許越沒有感覺，就越要活動腳趾，也許已經凍傷了。仁善說在取名為《三面花》的電影中，第二部短片的主角是個十六時歲獨自穿越滿洲田野，回到獨立軍營的老人，她在旅程中受了凍傷，失去了四根腳趾。天空蔚藍，但強風颳來，原野上的積雪像暴風雪一樣飄揚，額頭上固定著小攝影機的仁善走在其中，拍攝的場景後面加入採訪的內容。

真不知道是怎麼在雪中活下來的。

大女兒代替患有痴呆症的老人接受採訪，她的聲音與風聲、踩雪聲重疊在一起。媽媽總是說在雪裡更暖和。她在雪裡挖坑，在那裡面等待清晨，但是睡著的話會凍死，所以掐著身子堅持下來。

鏡頭對準了不知道是否能理解身邊對話的老人視線。她穿著帶有螺鈿鈕扣的米色毛衫，坐在輪椅上呆呆地看著窗外的陽光。

她說母親在平壤的紡織廠工作，晚上在夜校學習，後來才知道夜校老師們加入了獨立軍，就跟著去了。老師們看到年幼的學生後，驚訝地問妳們來這裡幹什麼？母親大概是仰慕或暗戀其中一位老師，跟著他進入運輸組，偷偷從事搬運武器和彈藥的工作。他們把武器藏在背包裡用火車搬運，還將武器放進穀物袋子，用卡車運送。她和四名隊員一起住在河邊的宿舍裡，有一天不知為何情報洩露，日軍突然闖入。她說，日軍打開每一間房門搜索，聽到聲音後，她和住在最裡面房間的組員一起從窗戶逃了出來。母親說，大家一起逃跑，跳進了漆黑的河裡，但只有她逃過射到水裡的子彈，對此，她始終無法理解。游過江後一看，另一端的岸邊只剩下自己。母親說，每當想到只有自己一個人活下來，心頭就會湧上像火花一樣的東西，這才沒有被凍死。當時濕掉的鞋子始終沒有乾過，四根腳趾因此脫落。雖然後來她才知道這件事，但既不惋惜也不悲傷。

❄　❄　❄

雖然我全身除了腳以外，都塞進了羽絨大衣裡，還用帽子把頭部和臉頰都蓋起來，但是鼻梁右側和眼皮卻無法阻擋降雪。如果舉手拂拭，縮成球狀的身體就會鬆開，最重要的是，這樣蜷縮而產生的溫暖便會散去，所以我不理會積雪。不停打顫的下顎發麻，我用牙齒咬著被雪覆蓋的硬邦邦袖子堅持著，突然想起來，水不是永遠不會消失，一直在循環嗎？那麼，仁善淋過的雪在擴散後，也許就是現在掉在我臉上的雪。我又想起仁善的母親在學校操場上看過的屍體，我放鬆了抱著膝蓋的手臂，擦拭鼻梁和眼皮上的積雪。他們臉上的積雪，和現在沾在我手上的雪是一樣的。

❄ ❄ ❄

得思念什麼才能堅持下去？
如果心裡沒有熊熊燃燒的烈火，
如果沒有非要回去擁抱的你。

❄ ❄ ❄

要不要吃麵？仁善這樣問坐在她肩膀上的鳥，我記得牠很清楚地回答：

好啊！

仁善走到冰箱前，從門裡拿出一個素麵袋子。桌上的阿麻撲稜著飛過來，坐在仁善另一側肩膀上。仁善拔出一根乾麵條，折成兩半，同時餵給兩隻鳥吃。她公平地注視著輪流吃著麵條的小傢伙們。

妳要不要餵餵看？

我稀里糊塗地接過仁善遞來的麵條袋子，鳥兒們就移到我的肩上。我像仁善做的那樣，把一根麵條同時折斷、伸向兩隻鳥，我不知道應該先把目光投向哪一隻，感到有些慌張。每當鳥兒用嘴咬斷麵條時，就像鉛筆芯折斷一樣，我的指尖感受到輕微的震動。

＊＊＊

不知道，鳥兒是如何入睡和死亡的。

當餘光消失時，生命是否也會隨之中斷？

電流般的生命會留存到凌晨嗎？

❄ ❄ ❄

距離天亮還有多長時間？

令人無法忍受的寒氣逐漸消退，氣溫不可能上升，溫暖的空氣像外套一樣裹著我，睡意襲來。雪花飄落在眼皮上，但這感覺不知何時開始變得遲緩，我幾乎感覺不到冰冷。

每當迷迷糊糊打起瞌睡鬆開膝蓋時，我都會重新交叉手指。我感覺不到雪花落到臉上的感覺、感覺不到細筆尖般的觸感，也感覺不到濕潤眼眶的水氣。

在如同漣漪一般明亮地蔓延到整個身體的溫暖中，我像做夢一樣重新思考。不只是水，風和洋流不也是在循環？不僅是這個島，很久以前從遠方飄落的雪花不也可以在雲層中重新凝結？當五歲的我在K市向第一場雪伸出雙手；三十歲的我騎著腳踏車在首爾的河邊，被雷陣雨淋濕的時候；七十年前，在這個島上的學校操場，數百名孩子、女人和老人的臉孔被雪覆蓋而無法辨認的時候；母雞和小雞拍動著翅膀的雞舍裡，泥水可怕地高漲，發亮的黃銅水井濺出雨水時；那些水滴、碎掉的結晶和帶血的薄冰可能也是一樣的，和現在落在我身上的雪花相同。

三萬人。

❄❄❄

仁善靠在陽光照耀的灰牆上，豎起雙膝坐著。相機捕捉到她一側的肩膀和膝蓋，而不是她的臉孔，大部分的畫面都被白色灰泥牆占據。那面牆上晃動著不知名的影子，茂盛的長草掠過仁善的薄紗棉襯衫搖晃著。

臺灣也有三萬人被殺害，沖繩是十二萬人。

仁善的聲音一如既往地沉靜。

我有時候會想起那些數字，想起那些地方都是孤立的島嶼。

灰牆上晃動的光線擴大，畫面成了無法再捕捉任何東西的發光平面。

❄❄❄

每當快要陷入睡眠的時刻，我總會撐起眼皮，彷彿被吸入溫暖的光芒中一樣。

我無法分辨眼睛之所以睜不開是因為睏意，還是因為在睫毛上和眼眶裡結的薄冰。

在昏沉的意識中浮現許多臉龐，他們不是陌生的死者，而是活在遙遠陸地上的人，恍惚而鮮明。生動的記憶同時播放，沒有順序，也沒有脈絡。就像一下子湧上舞台、各自做著不同動作的眾多舞者一樣，伸展身體凍結的瞬間，像結晶一樣閃耀著光芒。

我不知道這是否是瀕死前出現的幻覺。我所經歷的一切都變成結晶，任何部位都不痛了。像展現精巧形象的雪花一樣，數百、數千個瞬間同時閃耀。我不知道這怎麼可能發生。所有的痛苦、喜悅、刻骨銘心的悲傷和愛，沒有混雜在一起，而是原封不動地、同時像巨大的星雲一樣閃耀著光芒。

❄ ❄ ❄

我想睡覺。

想在這恍惚中入眠。

感覺真的可以睡著。

❄ ❄ ❄

可是還有鳥。

有著觸動指尖的感覺。

有著像細微脈搏一樣在敲擊的東西。

有著斷斷續續流入指尖的電流。

❄　❄　❄

從什麼時候開始又颳起了風？

身體不再蜷成球了，十指已經鬆開，我舉起遲鈍的手擦掉眼眶裡的薄冰，聽見晃動樹林的強烈風聲，我是因為那聲音才醒來的嗎？我睜開眼睛，嚇了一跳。有道微弱的光芒，黑暗中勉強能分辨的暗藍色光芒，映照在我臉旁的雪堆上。

已經天亮了嗎？

不，我是在做夢嗎？

這不是夢。似乎在等待意識的恢復，可怕的寒冷襲來。我劇烈顫抖的身體平躺、仰望著天空。我不敢相信，黑暗不再漆黑，雪也不再落下。現在飄散的是已經下過的積雪，之所以能看見那些雪粉，是因為月光的緣故。風把雪雲吹散，蒼白的半月在樹林上方升起，巨大的烏雲隨著強風前進。

❄ ❄ ❄

從樹林中延伸出來的旱川像巨大的白蛇一樣，透出微綠的光芒。為了不向後方跌倒，我深深地彎著腰，一步一步地踏出腳步。月亮在飛快前進的烏雲之間反覆出現並消失。所有樹木的樹梢都接受蒼白光芒的洗禮，彷彿不會再暗淡，搖曳著發出暗藍色的光芒。但是，樹梢下的樹林裡卻仍是一片無法辨認的黑暗。我不知道那像是幽遠的洞窟、張開嘴的黑暗裡裝著什麼，難道只有數千棵樹的黑暗根部？難道只有無聲的鳥類和野鹿群？

我終於看到了岔路，沒有留下我身體跌落和下滑的痕跡，那期間下的雪覆蓋了一切。我像四足動物一樣，雙手按在雪地上，爬上岔道。挖得特別深的那個水坑不知在哪裡，如果仔細摸索，也許能找到沒電的手機，但沒有時間了，不知什麼時候天氣會再次出現變化。

這次沒有搞錯，我沿著緩坡走下一小段後，順著變為平坦的路，靠著無人踏足的冰雪反射的月光而行。樹林在咫尺處搖曳的聲音、我的雙腿陷入及膝積雪的聲音、我吸氣、呼氣的急促呼吸聲交織在一起。

＊　＊　＊

類似脈搏跳動的細微感覺從指尖開始，逐漸變得清晰起來。手掌上留下的、被遺忘的感覺，也像血液再次流通一樣生動起來。

當我無意中撫摸坐在我肩膀上阿麻的白脖頸時，牠的頭埋得更低，似乎在靜靜等待著。

牠是要妳再多摸一下。

我聽從仁善的話，再次撫摸那溫暖的脖子，鳥兒像在跟我鞠躬一樣，脖子更加低垂，仁善笑了。

牠要妳繼續撫摸牠。

＊　＊　＊

又出現一條岔路。當我一腳踏進從樹叢中延伸出的白色窄路，那一瞬間，樹叢割破我的臉。也許是皮膚被冰凍太久，幾乎感覺不到疼痛，但差點刺到我的眼睛。

難道我又走錯路了？難道從這裡開始不是路，而是樹叢？

我用戴著手套的手擦拭眼睛，因為感覺到奇怪的閃爍光芒。我脫下手套，用手再次揉搓，從眼睛下方流出了鮮血。但血不是問題，也不是我看錯了。在搖晃的樹枝和散落著雪粉的樹叢之間，隱約可以看到明亮的物體。我用一隻手撥開樹叢，另一隻手捂著臉，向前走去。

那邊有不知名的物體，發著光的物體。

我在樹叢中穿行，接到一條長而彎曲的暗青雪道。沿著樹林伸展的那條路越來越亮，走到拐彎處的盡頭，發著鮮明的銀光。我拚命加快速度，推開大腿上的積雪，喘著氣往前走。到了轉彎處再擦拭眼窩，睜開眼睛看著遠處的燈光。

那是仁善的木工房。

鐵門敞開，燈光從如亮光之島一樣的地方湧出。有誰先來了嗎？我顫抖地想著，然後瞬間意會過來。

從那天以後就再也沒有人來過了。

當時工房裡開著燈，卻沒有人應答，他覺得怪怪的，走進來之後看到我昏

倒在地上。

他們急忙將流血的傷患放進卡車後車廂，沒有人關燈，連關門的時間都沒有。

好像在等待某人一樣，狂風正灌進敞開的門裡，發出耀眼光芒的雪粉被一起吸進工房裡。

6 樹木

進入工房的瞬間，映入眼簾的是斜靠在內牆四周的三十多棵圓木。不是人像立牌，高度大多超過兩公尺，幾棵與我體格相仿的樹木按比例看，像是十二歲左右的孩子。

我走進工房，地上散落著堆疊的圓木。颳進來的雪薄薄地堆積在水泥地上，四處飛濺的血跡凝結在其下方。仁善倒下的工作台周圍，鮮血凝固的地方也被雪覆蓋。鋸到一半的圓木、拔掉插頭的電動砂輪機、像耳機一樣的隔音器、大大小小的木片被血浸漬，散落在工作台上。

這個地方過去始終井然有序地堆放著洋松、杉樹和核桃樹等樹種的圓木。工作台周圍的地面上，覆蓋如同蛋糕粉末的乾淨木屑，數十種木工工具整齊地掛在牆壁和架子上。仁善認為保持工作空間的清潔非常重要，在當日工作結束的下午六點，仁善會用連接到空氣壓縮機的空氣槍仔細地吹掉頭髮裡的木屑，打開工房前門，開啟大型循環機器，將工房的灰塵排到樹林內，木片用掃帚掃到麻袋裡，不會被風吹走的沉重木屑用吸塵器抽出。

在這個地方無論做什麼工作，仁善都不心急。她說在濕度高的日子，每個樹種的濃郁樹木味道會互相摻雜，充斥木工房，她以此為判斷標準，此時就煮水、喝茶。因為樹木變得比平時更重、組織更密，所以只有放慢工作速度才不會發生事故。如此調節緩急，仁善幾乎是獨自承擔所有的事情。她說，像五斗櫃一樣的大型家具，得反覆進行七次晾乾、上油的工序，只要花充分的時間按照要領進行，就沒有必要向任何人求助。

但是這個規模的工作似乎很難獨自承擔。我曾經對仁善說過，我在夢中看到的黑色樹木都是人像立牌的大小，但是她為什麼要增加比例呢？

❄　❄　❄

我回到工房入口並關上門，鎖上門鎖，以防再次被風吹開。

我選擇沒有濺到仁善的血，也沒有圓木橫置的空間，跨越工房。我走到通往院子的後門，看到旁邊立著的幾棵樹木都塗上黑漆，好像是為了觀察其感覺，所以事先塗上顏料。我覺得那些被塗成深淺不一的黑色樹木好像在訴說什麼，我以為樹木塗上黑漆會像是沉睡的人，但為什麼反而覺得像是在忍受噩夢？沒有塗色的樹木沉浸在沒有表情和振動的寂靜中，似乎只有這些黑樹在壓抑著戰慄。

不知為什麼，我站在那些讓我目不轉睛的樹木前猶豫不決，但是我不能耽誤時間，我轉開門把，想推開後門，卻打不開。我心想是不是要用拉的，所以從相反方向施力，但門依然紋風不動。我把身體貼在門上，想用自己的體重推開。看到門的上方出現縫隙，我將力量往下方集中，推開被雪擋住的門約一拃[9]左右後停頓下來，將手臂伸到門外，撥開積雪，把間隔拉大到可以側身而出的程度。

如果要看清去內屋的路，就不能把門關上。我踩著深達大腿的積雪向前走了幾步，驚恐地停了下來，因為似乎有長條的黑色手臂在院子中間擺動。即使馬上意識到那是樹木，還是留下讓我驚嚇的衝擊。

那是像柳樹一樣樹枝下垂的小棕櫚樹，去年秋天也讓我嚇了一大跳。

我還以為是人呢。

我在內屋的地板上抱怨從正面看到的那棵樹時，仁善笑了。

9 大拇指到中指或小指兩端間的距離。

凌晨時會更像，明明知道也會嚇一跳，心想這個時間怎麼還會有人來？

當時是夜色降臨的時候，而不是凌晨。在微光環繞下吹來的柔和風中，比人稍微高一些的那棵樹，好像前後揮動著寬闊的袖子向我們走來。

此刻，隨著大風的吹襲，這些袖子更是猛烈飄揚。樹木似乎馬上就要從雪中爬起身來靠近我，我的目光從樹木移開，用膝蓋推開積雪，朝著漆黑的內屋前進。

＊　＊　＊

在這樣的黑暗中，阿麻一定已經睡了。只有我開燈，牠才會嗶的一聲啼叫後醒來，就像仁善每天早上掀開遮光布時一樣。

當我詢問鸚鵡是否本來就這麼啼叫時，仁善回答說：

可能吧，牠一開始就這麼叫了。

這聲音像暗綠綉眼鳥，我一說，仁善就笑了起來。

誰知道？不知道是不是學外面的鳥那樣叫的。

她開玩笑地說：

還好牠沒學烏鴉叫啊。

❄ ❄ ❄

我走進沒有鎖上的玄關，在緊閉的中門前脫掉毛手套，放進羽絨大衣口袋裡，並從失去知覺的腳上脫掉濕運動鞋。我打開推拉中門，一跨進去，立即用指尖掃過漆黑的牆壁，好不容易才把觸摸到的電燈開關打開。

從柱子和木窗的縫隙中不斷傳來細而尖銳的風聲，反而讓人清楚地感受到室內的寂靜。面向黑暗院子的寬闊窗戶像鏡子一樣，我的全身反射在玻璃上。我脫下羽絨大衣的帽子，露出滿是鮮血的臉孔和蓬亂的頭髮。

客廳後面的窗戶前有一張仁善用杉木製作的桌子，鳥籠就放在上面。桌子側面掛著鐵環，黑色的遮光布和清掃工具並排掛著。鐵籠裡設有兩對用竹子削成、砂紙磨過的固定架子和鞦韆架，為了避免鸚鵡之間產生序列意識，設置在同一高度。

我劃破室內可怕的寂靜，向那些空蕩蕩的架子走去。鳥籠裡的水碗、仁善裝盛乾果的木器、四角形矽氧樹脂桶都空了。數十粒被啄食過的穀子散落在圓形瓷器盤子上。阿麻就在那旁邊。

❄ ❄ ❄

阿麻。

我沙啞的聲音在寂靜中迴響。

我來救你了。

我彎曲食指把鳥籠的門鎖拉開，把手伸向阿麻的頭部。

你動一下。

我來救你了。

❄ ❄ ❄

我的指尖碰到柔軟的身體。

不再溫暖的身體。

死去的阿麻。

不再發出任何聲音。

只剩下我的呼吸聲，和顫抖的羽絨大衣袖子掠過鳥籠鐵絲網的聲音。

❄ ❄ ❄

我後退一步，往廚房走去，從流理台下方開始逐一打開抽屜。踮起腳後跟從最上面的架子上拿出鋁製餅乾盒，將裡面裝著的茶包放在架子上，然後拿著空盒子打開仁善的房門走了進去。

一打開燈，單人床墊、三尺衣櫃、五層抽屜櫃、用白布覆蓋剪輯用螢幕的書桌、用洋松木製作的書櫃映入眼簾。門旁邊的鐵製書櫃最上面的格子上，插著貼有各種標籤的資料夾，下面的四個架子上密密麻麻地放著數十個大大小小的紙箱，箱子正面貼著的便條紙上，仁善用油性筆寫上日期和標題。我走過去打開衣櫃的門，裡面只掛著五、六套我熟悉的冬裝，包括相機在內的攝影裝備占據了大部分空間。我把衣櫃的門關上，打開旁邊的抽屜櫃，從上面第一層開始察看。第一個抽屜裡放有內衣和襪子，第二個抽屜裡是夏裝和春秋裝。打開第三個抽屜，有一個放圍巾和手帕的籃子。手帕是白色布料，一角繡有小紫羅蘭花，看來非常乾淨，可能都沒用過，我把它拿了出來。

❄ ❄ ❄

我走回來，站在鳥籠前。

似乎直到剛才為止，溫暖的血液還在流動一樣，我在凝視那被真實的寂靜所包圍的微小軀體時，感覺到那斷裂的生命想用牠的嘴刺開、進入我的心臟，鑽進我心臟的深處，想活在那個跳動的地方。

我用手帕把鳥包起來，能夠明顯地感受到那冰涼的身軀被包在薄布下的感覺。我將阿麻半張開的翅膀併攏，用手帕再包一次，放在餅乾盒中間。雖然已經盡量把牠包好，但上方還是敞開，阿麻的臉露了出來。

我把盒子放在鳥籠旁邊，再次回到仁善的房間，把櫃子下面的抽屜打開察看，仍然找不到針線包。我走進仁善母親使用過的主臥室，打開電燈。房間關閉供暖已久，寒氣襲人。就像我以前來過的時候那樣，衣櫃前鋪著褥子，對齊四角摺疊的被子鋪在上面。

我踩著棉褥子走近衣櫃，心想現在鋸子還在下面嗎？究竟是鋸齒擊退噩夢，還是噩夢先行避開了那銳利的鋸子？

我拉開螺鈿裝飾四處掉落的舊門，衣櫃裡依稀夾雜著舊布和樟腦丸的味道，在其內側看到針線包，那是用內裡縫著棉花的紅色綢緞包裹白鐵，經過數千次的開闔，表面有裂痕的微黑圓形盒子。我傾身把頭探進掛著暗色舊毛衫和襯衫的下方，拿出盒子打開一看，裡面裝著帶有白、黑線的針頭、模樣粗糙的頂針、各種鈕扣和生鏽的裁縫剪刀、將馬糞紙折成長條狀，上面纏繞白色棉線的線團。

❄ ❄ ❄

我把死去的阿麻臉孔重新包住，為了不讓手帕像剛才一樣張開，用白色棉線綁住，然後用縫紉剪刀剪掉。打結時因為看不清楚，用手背揉眼睛，才知道有黏稠的液體流出。被樹叢割傷流出的血和液體混合在一起，我草草用羽絨服的前襟擦拭。酸澀而黏糊糊的眼淚再次湧出，凝結在傷口上。我無法理解，阿麻不是我的鳥，我也從未深愛過誰到足以感受這種痛苦。

雖然只是一拃多寬的小盒子，但鳥兒身體本來就小，想避免被刮傷和撞傷，還需要包起來。我解開脖子上的圍巾，將盒子的內側四面包起來。因為圍巾又窄又短，所以沒能完全遮住灌進脖子裡的風，但卻像是訂做似的，填補了盒子的空隙。

我在那上面蓋上鋁蓋，想著為了不讓老鼠和昆蟲挖開吃掉，外面也得包起來。我從浴室門口的籃子裡拿出看起來很乾淨的白毛巾包住盒子，把棉線剪成長條，以十字型綁了兩次，然後打結。

❄ ❄ ❄

如同灑下數十袋白糖般的雪，反射著從內屋流瀉出的燈光。我拿起靠在屋簷下、被雪蓋了一半的掃帚，用一隻手拿著裝有鳥的盒子，用掃帚掃掉周圍的雪，露出倒下的淋濕鐵鍬。

應該埋在哪裡？

我把盒子放在屋簷下，拿著鐵鍬想著。

如果是仁善的話，她會埋在哪裡？

狂風從脫掉圍巾的脖子上灌進身體裡，我戴上帽子、彎下腰，用鐵鍬鏟雪，朝著樹枝依舊如同黑色袖子一樣飛舞的樹木走去。我中途停下來伸直腰回頭一看，放著盒子的屋簷下，看起來像是鑽了一個狹窄的窟窿。

我終於走到樹下，用鐵鍬挖開樹根前方的積雪，凍得喘不過氣來。我走到內屋前拿盒子時，感到心臟跳得異常快速。

我把盒子放在樹木旁，將鐵鍬插進積雪下方露出的泥土裡。我把重心放在右腳，向鐵鍬施力，但泥土卻一動不動。我把兩隻腳都抬起來搖晃，暫時抓住重心，鐵鍬稍微進去了一些。我反覆那樣上去、下來，感覺到加上體重的鐵鍬正一點一點地進入凍住的土地。我的手臂和腿都在發抖，我知道我得喝熱粥、得用熱水沖澡之後躺下。但是在埋葬鳥兒之前，我無法如此做。

我終於順著鐵鍬觸及沒有凍住的泥土。我放下依舊插在地上的鐵鍬，平緩呼吸並看著天空。月亮消失了，在月光的照射下前進的烏雲也消失無蹤。

難道是要下更大的雪？

在那之前要抓緊時間。

我剛挖了一個能放進盒子的小坑，一個濕滑冰涼的東西突然碰到我的臉頰，讓我毛骨悚然。像長袖一樣垂下的樹枝擦肩而過，我仰望樹梢，小雪花落在眉間，亮著燈的內屋前方也飄著雪花。

首爾現在也下著這樣的雪嗎？我想著。是不是像很久以前與仁善在麵店窗戶上看到的、像稻米粉末一樣粒子美麗的雪在飄落著？我回想起深夜走出地鐵站，戴著連帽衫走進雪中的人潮。我也想起為數不多的行人打開事先準備好的雨傘；不斷增加、亮起紅色尾燈等待號誌的汽車；在車道中迎著雪花奔馳的摩托車。仁善在那個沒有我的地方，我在這個沒有她的地方，這非常奇怪。

如果存在仁善的手指沒有被切斷的平行宇宙，我現在會蜷縮在首爾近郊公寓的床上或坐在桌子前。仁善可能在單人床墊上睡覺，或者在內屋的廚房裡徘徊。阿麻可能站在蓋著遮光布的鳥籠裡，睡著的身體在黑暗中依舊溫暖，胸毛下的心臟一定會有規律地跳動著。

心臟是什麼時候停止跳動的，我想著。如果我沒有在旱川滑倒，在更早之前趕到的話，還能餵牠喝水嗎？在那一瞬間，如果選擇正確的道路走來的話。不，之前如果在客運站多等一段時間，坐上橫越山路的公車的話。

＊＊＊

我用手掌擦拭盒子上的積雪，然後把它放入坑中。土地不平坦，無法放平。我又用雙手挖平漆黑的地面，再次將落在盒子上的雪擦掉。我蹲了一會兒，好像在等待不會有人發出的下一個信號一樣，然後把盒子放進坑裡。我用雙手把泥土撥進去，直到再也看不見白色的表面。我又用鐵鍬把剛才挖起的泥土鋪回去，手掌使勁做成小墳墓，雙眼凝視著黑土的表面很快被雪覆蓋住。

＊＊＊

我再也沒有可做的事了。

＊＊＊

幾個小時後，阿麻可能就會凍住，到二月為止都不會腐爛，之後就開始猛烈地腐爛，直到只剩下一撮羽毛和穿孔的骨頭為止。

＊＊＊

為了關掉工房的燈、關上後門，我用鐵鍬開路時，發現工房外牆前的東西被大型防水布覆蓋著。翻開防水布的角落，看到裡面堆滿了數十棵圓木。為了不讓它們倒下，固定的橡膠繩捆綁了好幾次，從那之間可以看到粗糙的樹皮。

加上工房裡面的圓木就有超過一百棵了。

樹堆上方的灰牆上閃動著影子。那是剛剛在根部埋下阿麻的那棵樹木，在內屋流瀉出的燈光照耀下呈現的影子。看著像很多人的手臂一樣無聲晃動的那個樣子，我突然想到，仁善在最後一部電影中採訪自己的背景，就是在這堵牆前。在陽光照耀的灰牆上晃動的影子幾乎一模一樣。

仁善拍攝那部電影的時間，是在回來這裡生活之前，所以當時的建築還是倉庫。仁善的肩膀、膝蓋、白淨頸部的曲線，就像錯置的拍攝對象一樣，安排在畫面的邊緣，在占據畫面大部分的灰牆上，那個影子一直晃動著。那是讓人感到緊張的動作。像是受訪者否認剛才說過的話，用力伸出揮動的手臂，然後突然收起一樣地晃動。在採訪過程中加入有意且持續的不和諧聲音。

❄
❄
❄

後來我去找那個洞穴，但沒找到。

我憑著回憶去找了好幾次，但都失敗了。

不，不是夢。

九歲那年冬天是最後一次去。

採訪就這樣沒頭沒腦地開始，提問被剪掉了，或者原本就沒有。

這個島的洞穴入口很小，一個人勉強能夠進出。如果用石頭擋住，根本不會被人發現，越往裡面空間越大，讓人吃驚。一九四八年冬天，甚至有的地方可以讓全村人都進去躲避。

彷彿額頭上方戴著攝影機拍攝一樣，突然出現了一片樹林。在攝影機鏡頭所及的所有地方，巨大的闊葉樹在風中出現、搖曳。那些樹梢遮住了陽光，森林的下方沒有長草，像夜晚一樣昏暗。在連枝掉落的巨大葉子、像巨人的關節一樣彎曲突出的根部、滲入的陽光在地上形成的靜謐花紋之間，畫面隨著不斷踩碎泥土的腳步聲移動。

父親和我習慣去的洞窟沒有那麼大，最多只能容納十幾個人躲避。

白色的灰牆回到了畫面上。陽光照射下，仁善的手在膝蓋上十指交叉。風暫時完全停息，搖曳時如衣袖的一個樹影，清晰地印刻在灰牆上，形成類似巨大羊齒葉的模樣。

我記得空氣一直很潮濕。在進入洞穴之前，經常會淋雨或淋雪。從我不記得有過晴朗天氣的記憶來看，父親好像對低氣壓有所反應。就像只要是下雨、下雪天，關節或肌肉就會疼痛的人一樣。

她的聲音像細語一般低沉下來。

安靜！

這是父親在洞穴裡說過最多的話。

一個像羊齒葉一樣的影子在牆上滑動，悄然無聲地湧現。

是讓我屏住呼吸的意思，就是不要亂動、不要發出任何聲音。

她十指交叉的雙手鬆開後又再次緊密交叉。

我記得從堵住洞口的石頭縫隙中透出光芒，也記得爸爸脫下厚厚的夾克讓我穿上。父親一邊把手放在我並沒有發燒的額頭上，一邊低聲說道：

不能感冒，只要集中精神就不會生病，妳要牢牢記住。

我輕聲說回家吧，父親以低沉、堅決的語調回答：

不能回去那個家。

我問他在這麼冷的地方要怎麼睡覺，父親說了我無法理解的話。

軍事作戰哪有分白天和晚上？

媽媽在等我們。

我說出媽媽這個詞的瞬間，父親全身都在顫抖，就像電流傳導一樣。

她應該跟著我們一起來的。

我記得從石頭縫裡照射進來的光線變得模糊，在完全變為黑暗之前看到父親的臉孔。從他仰望石縫的眼睛裡、在他被雨雪凝結的鐵灰色頭髮上，發出像玻璃珠一樣的光芒。

能怎麼辦呢？哪有辦法硬要帶她來？放過孩子吧！這孩子有什麼罪？

雖然我不知道那一瞬間在他腦海中閃過的想像內容，但從他每次得出絕望的結論時，都會抓住我的手可以得知。從他身上流出的安靜顫慄，就像在擰乾衣服的瞬間灑出來的水一樣，浸濕了我的手。

一張東西向較長的橢圓形濟州島地圖，出現在畫面上。一九四八年，在名為美軍紀錄的字幕上方，用顯眼的粗線畫出從海岸線開始標示的五公里警戒線。對包括漢拏山在內的內陸地區進行疏散，並將通行該地的人視為暴徒，不分青紅皂白都予以擊斃，這些公告的內容持續出現在字幕上。其後，沒有任何噪音的清晰黑白無聲影像出現。茅草屋頂著火、黑煙與火花一起衝向天空、穿著淺色制服的士兵們背著裝有刺刀的長槍，越過了玄武岩田牆。

黑暗。

黑暗幾乎就是記憶的全部。

每次睡著後又睜開眼睛時，都覺得困惑。不久之後，我意識到這裡不是家，而是洞穴，看不到臉孔和身體的父親，手掌還握著我的手。如果不是那隻手，我一定會發出聲音。也許是尋找媽媽或是哭泣。因為知道這一點，所以父親才會握著我的手。在黑暗中，也許他正準備用另一隻手捂住我的嘴。即使是在睡夢中，我也不想發出聲音，為了不被不知何時會經過那個洞穴前方的士兵發現。

隨後出現的是老百姓搭乘卡車，在覆蓋乾涸芒草的山坡道路上移動的資料畫面，好像是在緊跟著那輛卡車的後方車輛上拍攝的。兩名背著槍的憲兵站在後車廂前後，數十人緊挨著肩膀坐著，包括抱著孩子的女人和老人在內。一個五歲左右的短髮女孩，緊貼著看似母親的年輕女子肋下坐著，一直看著鏡頭，直到消失到攝影角度外為止。

前往洞穴的時候，如果下起雪來，父親就會折斷箬竹。

在樹林的陰影中，仁善的攝影機又以緩慢步行的速度移動。

他讓我走在前面，父親像螃蟹一樣側行跟上，用箬竹葉掃去兩個人的足跡。

爸爸，我們要去哪？

每當我停下來問他的時候，父親都會用平靜的聲音告訴我方向。如果進入沒有路的山中，他就會背著我，從那時起只會掃掉自己的足跡，爬上斜坡。爸爸背著我，我清楚地看見足跡消失，像魔術一樣。就像從天而降的人一樣，我們走著，沒有留下任何痕跡。

三張黑白照片依次填滿畫面後消失。

海松林中站著四名身穿白色衣服的男子，四個戴著鋼盔的軍人正給他們穿上槍靶背心。四組人的模樣從側面給予特寫，以立正姿勢站立的青年，他們的鼻梁、人中、下巴和脖子連接起來的稚嫩線條清晰可見。一個青年離鏡頭最近、臉孔看起來最大，他的嘴唇似乎十分緊張地閉上，好像才嚥下口水一樣，脖子的薄皮膚下方喉結凸現。

下一張照片中，青年們穿著靶衣，一個個被捆在松樹上。照片上的視角比剛才更寬，士兵在不到五公尺的距離外，以臥姿瞄準靶子。

最後一張照片中，那些青年的身體扭曲。用繩子捆住的上身向前突出。他們的下巴抬起、後頸歪斜、膝蓋蜷縮、嘴巴張開。

爸爸的聲音很小。

仁善坐在灰牆前，雙手在膝蓋上慢慢移動。這是她每當陷入沉思時，手背並排放在一起的特有動作。重疊在一起的樹枝影子隨風搖晃，漸漸變成兩根、三根。像撫摸灰牆的手一樣，每時每刻都改變方向和形狀。

媽媽曾經說過：

妳爸爸是大男人，大概不喜歡我吧。第一次見到他的時候，妳不知道他的臉有多帥。不知道是不是因為十五年沒見到陽光，皮膚蒼白得像蘑菇一樣。大家都躲著他，彷彿是死去的人又回來了一樣，只要跟他對視一眼，好像就會被鬼附身。

仁善的膝蓋和手從畫面中消失，只留下聲音。灰牆上影子的晃動像鞭子一樣變得激烈起來。仁善的聲音就像私語一樣，更加低沉。

每當父親和往常不同，呆呆地靠在牆上的時候，母親就會叫我。她隨手拿來兩三塊生地瓜或黃瓜片，和一兩個橘子，塞到我手裡，說道：

妳拿去給妳爸爸，如果他不要，就塞進他的嘴裡。

母親好像希望爸爸在吃那些東西的時候，能突然從幻想中走出來。有些日子那個方法真的行得通。父親從我手裡接過橘子後，掛著一半的笑容。就像生活在兩個世界的人一樣，一隻眼睛看著我，另一隻眼睛看著我的身後，彷彿看到另外的光線。即便他是在黑暗的房間，但眼睛卻像光線刺眼似的，微微瞇著，抬頭看著我。

❄ ❄ ❄

我把工房的燈熄掉、關上門，背對樹木而行，每當防水布飄動時，那些樹木都會露出粗糙的斷面。我把鐵鍬夾在腋下，踩著剛才從內屋走出來的腳印走回去。進入內屋玄關，我抖掉積雪，把門鎖上，彷彿會有人穿過這積雪和夜色來拜訪我一樣。

為了把鞋子脫掉，我跨坐在中門的門檻上，頭暈目眩，身體直接往後躺，把光腳放在濕了的運動鞋上，閉上眼睛。一整天從各個角度飄散、掉落的雪花白線，像幻覺一樣在眼皮內側重現。

一陣如同呻吟般的風聲從門縫裡鑽進來，好像有人在搖動似的，門的下端嘎吱嘎吱地響。舌根處積著酸酸的唾液，我小心翼翼地側躺著，平緩呼吸。如果現在不移動身軀的話，可能不會嘔吐。如果現在呼吸得更深、更緩慢的話。

但是我扶著地板爬起來，跑到洗碗槽那邊，對著排水口嘔吐。因為沒吃東西，只吐出胃液。我需要吃藥，那包藥我沒有帶在身上，是預先配好、現在放在首爾家書桌抽屜裡的。醫生警告我長期服用會危害心臟，但那是唯一有效的藥。

❄ ❄ ❄

我用顫抖的手把水壺放在電爐上，關掉客廳的燈，只留下微弱的餐桌燈，此時才看到窗外的雪花。室內和外面的風景在玻璃上重疊，看起來像是一個整體。在工房外牆上飄動的防水布下襬和揮舞著黑色手臂的樹上，擺了一張杉木桌和空蕩蕩的鳥籠。

開水煮沸之前，我先在馬克杯裡倒上一口喝下，然後又喝了一口。我感覺到溫水沿著食道流下的感覺，然後在洗碗槽下方躺下。我挺直背部側躺著深呼吸，為的是不讓噁心的感覺再次湧現。

每當深呼吸時，疼痛就會消失，吸氣後又會再次襲來，感覺就如同將眼球內側挖出一般地疼痛。如果暫時睡著，之後在疼痛中醒來時，骨頭的灰白形象就會再次浮現。在仁善最後一部電影即將結束之前，埋有數百具骸骨的土坑在沒有前因後果和說明的情況下，持續特寫將近一分鐘。扶著膝蓋的人骨、腰上掛著爛掉碎布的骨骸、小小的腳骨上穿著膠鞋的骨骸，被疊放在壟溝般的土坑中。

❄ ❄ ❄

我在發燒，身體發抖得越來越嚴重，皮膚所接觸的一切都在變涼。羽絨大衣袖子的布料掠過手腕時，感覺皮膚好像被冰刃劃過一樣。我把羽絨服脫掉，手錶解開，推到牆壁旁邊。我跑去浴室，在洗臉台上再次吐出胃液，漱口後用香皂洗手。我洗了將鳥兒蓋住包起來的手、挖土選擇墓地的手、壓實墳塋的手。臉上也潑了熱水，裂開的傷口上又流血了。我用洗臉台支撐著上身，看著鏡子裡滿是鮮血的臉孔。

很硬、很重吧？

不，很柔軟。

我對著鏡子自言自語。

像石頭一樣硬。

每次張開嘴唇時，鏡子裡被血浸濕的臉孔，就會無聲地張開嘴巴。

不，像棉花一樣輕。

＊＊＊

玄關門像有人敲打一樣咯噔咯噔作響，後方的窗戶也在晃動。雪花紛飛於映照在玻璃窗的室內家具上，防水布在固定圓木的繩索之間像氣球一樣鼓起。

餐桌燈令人厭煩地熄滅了，完全的黑暗同時抹去室內和窗外的風景。我伸開雙臂在虛空中摸索著穿過客廳。牆壁比預想的要遠，我找到客廳頂燈的開關，將其往上撥，但是燈卻不亮。

原來是停電了。

仁善曾經說過，因為暴雪的緣故，有時候會斷電、斷水。她曾說，有時需要等幾天才能恢復供電，像這棟房子一般的偏僻住家，最後才會恢復。

在停水之前，應該先儲存好水。我又用雙臂在黑暗中摸索，走到廚房去。我打開洗碗槽下方的櫥櫃，依靠方才的記憶和指尖的感覺找出兩個鍋子，把它們放在水桶和流理台上的那一剎那，好像有什麼東西掉在地上摔碎了，像是剛才使用過的馬克杯。

我在鍋子裡裝水，心裡想道：

如果鍋爐熄滅，暖氣也會停止。

我用浸濕的手蓋住發燙的眼皮，平緩呼吸。我蹲著等候噁心的情況平息，然後用手掌掃掉碎瓷片，向仁善的房間爬去。

❄ ❄ ❄

我從櫃子最下面的抽屜裡找出仁善的毛衣，把顏色和形狀都看不清楚的那件毛衣穿在我的毛衣外。我又打開衣櫃，隨手拉出大衣。從起毛球的表面和長鈕釦的形狀推斷，可能是舊的粗呢大衣。我把鈕扣扣到脖子之後，躺在仁善的床墊上。蓋上棉被，忍受著酷寒，每當門窗顫動的時候，就會向著黑暗睜開眼睛思考。如果真的有人來了，一定會發出不同的聲音，一定會敲門呼喊主人，不會像現在這樣搖晃門框，似乎要將它搗碎。

❄ ❄ ❄

每當意識消失的瞬間，敏銳的夢境就會浮現。我雙手托著被薄冰包著的小鳥，走向洗臉台。水龍頭流出的熱水瞬間融化了那張臉，我等待牠會睜開明亮的眼睛、等待牠的嘴巴張開。還會再呼吸吧？阿麻，心臟會再次跳動吧？是啊，喝水吧！

一個夢境消失，另一個夢境又像錐子一樣刺進來，變成巨大冰球體的地球發出轟鳴聲自轉。被沸騰的熔岩覆蓋的大陸直接凍結，在永遠無法降落的地面上，數萬隻鳥在飛翔。鳥兒在滑翔時睡著，每當突然醒來時就撲騰著翅膀，像閃閃發光的冰刀一樣劃開虛空。

❄ ❄ ❄

要唱歌嗎？阿麻！

我話還沒問完，鳥兒就開始哼唱起來。阿麻在肩膀上唱歌時，我跪著挖地。沒有鐵鍬也沒有鋤頭，用手指挖開凍土，一直持續到指甲碎裂、流血為止。哼唱聲突然停了下來，我抬起頭來。就像在早川甦醒時一樣，漆黑的黑暗中，濕漉漉的雪花飄落著，落在我的額頭、人中、嘴唇上。

牙齒相撞讓我清醒過來，想起這裡既不是早川，也不是院子，而是仁善的房間。

在夢境和現實之間，我想著我需要那把鋸子，它足以勝過這一切，讓這一切都避開我。

跟仁善一起好好玩吧！

仁善的母親在我耳邊呢喃。她握住我雙手的手，像死去的小鳥一樣微小而冰冷。

❄ ❄ ❄

絕對不要相信鳥兒看起來很健康的樣子，慶荷啊。

到最後一瞬間，牠們還抬起頭站在架子上，掉下去的時候，其實已經死了。

門窗嘩啦嘩啦地響，像是要碎裂一樣。不知道是不是風，真的不知道是不是有人來了。好像想把家裡的人拉出來、想刺死、焚燒他們，想讓他們穿上靶衣綁在樹上，那棵揮舞著鋸刃般衣袖的黑色樹木。

❄ ❄ ❄

我是來送死的，我發著高燒想道。

我是來這裡送死的。

想要被砍殺、被割開、被緊勒脖子而來到這裡。

來到噴出火花、將要傾頹的這間房子。

來到像破碎的巨人身體一樣，層層堆疊的樹木旁邊。

第二部　夜

1 永不告別

海水正在退潮。

掀起時狀如懸崖的波濤並未衝擊海岸，而是猛然後退。玄武岩沙漠向水平線延伸，巨大如墳墓般的海底山峰黑濕閃耀，數萬條無法一起被捲走的魚類鱗片發光、在海裡上下翻騰。看似鯊魚和鯨魚的白骨、破碎的船、閃閃發亮的鋼筋，以及纏繞在破爛風帆上的木板，散落在黑色岩石上。

再也看不到大海了，現在不是島了，看著黑色沙漠的地平線，我如此想著。

我回頭看了看，通往白雪皚皚山峰的傾斜面，像扇骨一樣展開。所有樹木都呈現出如焚燒過的黑色，沒有留下任何葉子和樹枝，像灰燼柱子一樣默默佇立著，俯瞰著黑色沙漠。

怎麼回事？

不知怎的，我感覺到張不開嘴的壓力，我想著。

為什麼沒有樹枝，也沒有葉子。

可怕的回答盤踞在喉嚨裡。

不是死了嗎？

為了嚥下這句話，我咬緊牙根。撲騰翅膀的小鳥忍住從喉嚨裡擠出的疼痛。

都死了。

那句張嘴、豎起爪子的話充斥嘴裡。我沒有吐出那句像蠕動棉花一般的話語，只是搖了搖頭。

❄ ❄ ❄

來了。

掉落。

飛揚。

飄散。

落下。

傾瀉。

襲來。

堆積。

覆蓋。

完全抹去。

不知道噩夢是怎麼離開我的。不知道是我擊敗它們了，還是它們將我碾碎而過。

只是不知從何時起，風雪下到眼皮裡而已。只是飄散、堆積、結冰而已。

我躺在透入眼皮的灰青色微光中，睜開雙眼，凝望西邊的窗戶。沒有明顯陰影的陰天光線靜靜地照亮著房間，仁善掛在牆上的黑色長大衣似乎陷入沉思，低垂著肩膀。

燒退了，頭痛和噁心也消失了。就像打了鎮痛劑一樣，身體的所有肌肉都為之放鬆，眼睛下面被割到的地方也不再疼痛了。

我把手臂伸到床墊外面，摸了摸地板，像冰塊一樣，嘴裡吐出白色的寒涼煙氣。我扶著地板站了起來，從抽屜裡拿出毛襪穿上，把仁善掛在牆上的沉甸甸大衣披在粗呢大衣上。舊毛衫縫在大衣內裡，那是仁善在首爾的時候就開始穿的衣物。兩邊衣袖上結著像是水滴的黑色毛球，右邊口袋裡還留有尚未完全乾透的橘子皮。我把仁善的大衣紐扣扣到脖子，每次吸氣時，都會聞到模糊的松脂香味。

我跨過門檻走到客廳，推拉門昨晚沒有好好關上，還半開著。透過灰青色的玻璃窗，我看到外面正在下雪，是一場彷彿許多白鳥在無聲降落的鵝毛大雪。

❄ ❄ ❄

冰箱上方的牆上掛著時鐘，時針指向四點，凌晨四點不可能這麼亮，應該是下午四點。

口渴了。

我打開洗碗槽的水龍頭，但如同之前預料的，自來水已經停了。幸好剛停電時，用鍋子接的水很乾淨，我直接喝了一口，接著又喝了兩口。感覺涼水在體內蔓延，我站了一會兒，彎下腰把馬克杯碎片收拾了一下。

如果要清理散落到遠處的碎片，需要掃把和畚斗。記得仁善把這些工具放在玄關門口，曾經使用過，於是我穿過客廳走過去。門檻後邊鞋櫃上的手電筒首先映入眼簾，按下手電筒開關，燈光亮起。可能是因為周圍還算明亮，亮度看起來並不明顯。我想是不是電池快用光了，用手電筒的光柱掃視了昏暗的客廳，突然屏住呼吸。

因為我聽到鳥叫聲。

蒼白的光柱穿透了鳥籠，裡頭踩在架子上的鳥兒又嗶地叫了一聲。

阿麻！

我沙啞的聲音散落在靜寂中。

你不是死了？

昨天晚上把阿麻取出來後，沒有鎖上鳥籠，我朝著半開著門的鐵絲網走去。裡頭和昨晚一樣，到處散落著乾掉的稻穀，水碗也依然乾涸。阿麻頭頂和胸前長出的短白毛，看起來像棉花一樣柔軟，潔白的長羽毛散發著光澤。牠歪著頭觀察我的雙眼，像是潮濕的豆子一樣閃閃發光。

我把你埋葬了，昨晚。

我說道，懷疑這是不是在做夢。彷彿在等待那一刻似的，眼睛下方的傷口開始抽痛。地板的寒氣像冰塊一樣穿透且滲入毛襪，每當呼吸冷空氣時，寒氣都會擴散開來。我回頭看了看下著鵝毛大雪的窗外院子，我把你埋在那棵樹下，那棵樹身上覆滿有如甲冑般的整夜積雪，已經認不出原本的形狀了。

鳥兒不可能回來。牠怎麼可能撥開我包住並綁緊的手帕，解開緊緊縫好的線，打開緊緊蓋上的鋁盒，解開用毛巾包住後，以十字型捆綁的線？牠怎麼可能穿過凍結的墳墓和上面的積雪飛起，進入上鎖的門，坐在鳥籠中的架子上？

嗶，阿麻又叫了。牠依然低著頭　，用潮濕豆子般的眼睛抬頭看我。

餵阿麻喝水。

我好像服從仁善幾乎聽不見的聲音，走到了洗碗槽前，把大鍋裡的水倒進碗裡，每一步都濺出一些水，好不容易才回到鳥籠前。在往碗裡加水的時候，阿麻一動也不動地等著。直到我拿起還有水的碗後退一步的時候，牠才撲騰著飛起來，移到水碗前的架子上。

❄ ❄ ❄

口渴了嗎？

看著阿麻反覆用嘴含一口水、望著天空吞嚥的動作，我問道。小鳥停下動作，歪著頭看我。

死了以後也會覺得口渴嗎？

當我覺得不可能讀懂阿麻那雙發亮黑眼睛的意圖時，牠又低下頭，張開嘴含了一口水，抬頭嚥下去。

❄ ❄ ❄

為了查看昏暗的冰箱內部，我打開手電筒。泡好的糯米、半塊浸泡的豆腐和少許蔬菜，這些都是仁善為自己準備的食物。她為小鳥準備的東西更多樣、更細心。

在不同大小的密封玻璃瓶、透明的小盒子、密封塑膠袋裡裝著各式各樣的小米、葡萄乾和蔓越莓乾、核桃和杏仁片。偶爾當作零食的乾細麵在冰箱門的內側，一包打開了，剩下一半，還有兩包沒有拆開。

小鳥的主食是什麼？不知道是每頓都餵這麼多，還是每次搭配兩三種給牠吃，然後有些單獨給它當零食。我挑出小米、蔓越莓乾和核桃時，鳥籠那邊發出了聲音。阿麻用嘴巴把半開著的鳥籠門推開，從裡面飛了出來，撲騰一聲，幾乎要撞到天花板，在空中畫了一個大圓圈，然後落在餐桌上。

仁善曾經說過，餵小鳥非零食的食物時，一定要讓牠們在鳥籠裡吃，否則牠們就不會想要進入籠子，因而無法準時讓牠們睡覺，最終所有規則都會打破。但是死去的鳥也要遵守那個規則嗎？

我從洗碗槽上方的架子上拿出一個較寬的瓷碟，放了一把小米，將蔓越莓剪得非常細小之後撒在小米旁邊。然後又把核桃搗碎後放在盤子裡，用醬油碗裝水放在盤子旁邊。

吃吧，阿麻。

我把盤子放在餐桌上說道。好像感到有什麼不對勁似的，阿麻嗶嗶地叫了。

沒關係。

我說道。

過來這裡吃吧。

小鳥走近餐桌上的盤子。牠先啄食小米，喝水。吃一粒小米，喝一口水，吃兩粒小米再喝一口，吃一小塊蔓越莓喝兩口水。

你餓了。

我說出那句話的瞬間，飢餓感襲來。我從密封式塑膠袋中拿出一把乾果放進嘴裡咀嚼，甜得讓我嚇一跳的味覺從嘴裡蔓延開來。如果不是停電的話，我會打開電爐做熱騰騰的食物吃，我想。我要煮米粥、要把浸泡在大碗裡的豆腐拿出來煎成金黃色。

❄ ❄ ❄

我把屬於我的食物——生豆腐和核桃裝在小盤子裡，放在鳥的對面，把水倒進玻璃杯裡，與阿麻相對而坐。我吃了一口用鹵水泡過的豆腐，然後問牠：

雪會下到什麼時候？

為了喝醬油碟子裡的水，阿麻低垂著像栗子一樣小而圓的頭部。如果摸牠的脖子，應該會很暖和，牠絕對不像死去的鳥。

這應該不是夢吧？阿麻。

我看著漸漸變暗的窗外，天空中正下著垂直降落的雪花，根部埋葬著小鳥的樹木並未移動，像是被雪覆蓋。

這是夢嗎？

我向停止吃東西的阿麻伸出了手，牠以毫不在意的步履爬上我的手掌。粗糙的腳爪碰到皮膚的瞬間，我的心臟和瞳孔似乎同時被點燃，寒意為之消退。

❄ ❄ ❄

我撫摸阿麻的脖子，每當牠低垂著脖子，要求再多摸一下的時候，我就會更用力地撫摸牠。阿麻把脖子垂得更低，要求再摸一摸牠，我摸著阿麻，直到牠不再低頭為止。

阿麻好像厭倦了一樣，當牠飛到窗框上時，我反覆回味剛才牠粗糙的腳爪在我手掌上留下的一點重量和力氣，我看著牠。

那裡應該很冷吧，阿麻。

我說道。

風會灌進來。

死後還會冷嗎？下一瞬間我想著。如果有飢餓感，也會有寒意吧。就在那時，我想起工房裡的暖爐。如果在那兒生火，肯定會比這裡暖和，也可以拿鍋子過去煮粥。

等我一下，阿麻。

我扶著餐桌站起來說。

我去點了火再回來。

阿麻從窗框上飛起來，飛到餐桌上的罩燈坐下，嗶嗶地長聲啼叫。我對坐在罩燈鬆弛的電線上，像是在盪鞦韆的阿麻笑道：

我馬上就回來接你。

❄ ❄ ❄

我昨晚來往於工房和內屋之間所留下的腳印，此刻卻連痕跡都沒有留下。如果想穿越積雪，就得重新開出一條路來。我把被雪埋得只看見木柄末端的圓鍬拿出來，抖了抖，然後停了下來，因為我這輩子所看過的最大一片雪花落在我的手背上。

剛落下來的瞬間，雪花並不冷，幾乎沒碰到皮膚。結晶的細小部分變得模糊，結成冰時才感受到細微的壓力和柔軟。冰的體積慢慢縮小，白光消退成水滴，凝結在皮膚上。我的皮膚好像吸納了白光，只留下水的粒子。

我覺得雪花和什麼都不像，其他地方都沒有如此細緻的組織。如此冰涼輕巧的東西。直到融化、失去自己的那一刻為止，都如此輕柔的東西。

我被莫名的熱情所驅使，抓住一小撮雪，將它展開。放在手掌上的雪像羽毛一樣輕，手掌泛著淡淡的粉紅色光芒，吸收我熱氣的雪，成了世界上顏色最淡的冰塊。

我想我不會忘記，不會忘記這輕柔的感覺。

但我很快就冷得無法忍受，我拍了拍手，在大衣前襟擦拭濕透的手掌。頃刻間就變得僵硬的手掌，在剩下的另一隻手上搓揉。我無法產生熱氣，體內的熱氣似乎都從手掌流出一般，胸口開始顫抖。

❄ ❄ ❄

我將工房後門前方的積雪清除，轉動門把，院子的光芒照進被黑暗籠罩的室內。我背著光走進去，打開了手電筒。隨著我手臂移動的光線照向暖爐，為了不要踩到地上的血，我小心翼翼地走了進去。當拔掉插頭的電磨機拉長的陰影接近工作台時，黑漆漆的人體形狀顯現出來，霎時間我好像被凍住而停止腳步。

那個又黑又圓的形狀晃動後變長，應該是因為原本蜷縮著，而後突然伸展身體。那人的膝蓋伸直、雙腳踩在地上，埋在手臂上的臉朝向我。

……慶荷啊！

彷彿剛從睡夢中醒來的聲音，在寂靜中發出聲響。

我不由得關掉手電筒，並將其藏在背後。因為我反射性地認為，不能讓她看到地上的血跡。從後門照進來的灰青色光芒，隱約照在仁善的臉上，即使沒有手電筒也能看出她的表情。

什麼時候來的？

雖然她的臉色不像在病房裡看到的那樣，但依舊蒼白，臉龐瘦削。我看見她揉著眼睛的右手非常乾淨，毫無傷痕。

妳怎麼來了，也沒連絡我？

仁善睜著因為陰暗而顯得更大的雙眼，直盯著我的臉。

臉為什麼受傷了？

被樹木劃傷了。

哎呀！她嘆氣時的眼睛變得黯淡。

電燈為什麼不亮？

仁善低聲問道，像自言自語一樣含糊不清地嘀咕著。我沒關啊。

看著她眉間深深的皺紋，我說：

停電了。

妳怎麼知道？

她好像不想聽到回答，目光掠過我的臉，朝向後門外的院子。

什麼時候下了這麼大的雪？

聲音聽起來不是在問我，而是在問自己。……是在做夢嗎？

她一動也不動地站著，望著那些漸漸變得厚重，如同白鳥般散落的雪花。她終於回過頭來注視著我，我看出她凝視我的臉孔發生了微妙的變化。濕潤且靜靜散發光芒的眼睛，彷彿霎時流露出過去二十年來我一直珍惜的溫暖友情。

我很少在這裡睡著，不知道為什麼那麼睏。

她溫柔地說道，好像在抱怨似的。她似乎很冷，用雙臂抱住自己的肩膀問我：

不冷嗎？

她露出熟悉的笑容，眼角上冒出細小的皺紋。

要不要生火？

我默默地看著仁善打開木柴火爐下面的一扇小門，放進小木塊。她穿上當作工作服的舊牛仔褲和工作鞋，在高領的灰色毛衣上套上藏青色圍裙，上面披著眼熟的黑色棉大衣，沒有扣扣子，可能是嫌袖子在工作時礙事，將它往上折了兩次，露出乾瘦的手腕。仁善用沒有被鋸斷、沒有縫合、沒有流血的右手，從鐵桶裡盛出兩撮木屑，撒在木塊上。火柴頭與寬大的八角柱形火柴盒側面摩擦，她說：

首爾現在連這種火柴都找不到了。

仁善等待木屑的火燒到木塊，她的側面沉著而淒涼。

在車站前面的商店買的，好像有幾十年了，木頭很容易點燃。

迅速上竄的火光照亮她的眼皮和鼻梁。

＊＊＊

妳坐這裡。

仁善把唯一的一把三腳椅放在暖爐旁邊說道。

妳坐哪裡？

仁善沒有回答，而是坐上了工作台。好像不知道電動鋸刃上沾有自己的血跡一樣，像孩子似的慢慢搖晃著幾乎接觸到地板的雙腿。

我背著手走過去，坐在椅子上。在仁善的目光停留在暖爐的時候，我將一直藏在背後的手電筒靜靜地放在椅子下面。橫倒圓木的截面碰到腳尖，旁邊血跡上的雪融化了，形成了漆黑的斑點。

我看到暖爐側面兩個像瞳孔一樣的風孔，火花在裡面飄蕩。劈啪一聲，傳來木塊著火，樹皮裂開的聲音。

我經常想到妳。

仁善的聲音讓我回過頭，她也正看著那個風孔內部。

因為太想妳了，有時候覺得妳好像一直跟我在一起。

映照在她瞳孔裡的火花無聲地晃動著。她那什麼都不問的態度像往常一樣安靜、堅定，甚至讓我覺得，我對她現在想法的猜測說不定是正確的。仁善只是一如既往地在這裡製作木器，在首爾收到她的訊息，和在這個島上經歷的一切，都只是亡者的幻想而已。

本來就想讓妳看看的。

仁善指著靠在牆上的樹木問道：

妳覺得怎麼樣？

我坦率地回答：

我原本預期是人的身高。

剛開始我也那樣做過。

我原以為她會把改變大小的理由告訴我，但她卻沉默下來。她扶著工作台的木板走下來，輕聲問道：

要不要喝茶？

我看著大步穿過工作室，向樹林方向的前門走去的仁善背影。

如果停電，內屋也會使用固體燃料……但可能會對阿麻有害，我們在這裡喝完再回去吧！

離我越遠，仁善的聲音也越大。她打開前門，室內明亮多了。她靠著那光線翻著門邊小冰箱的冰庫，哼唱了一小段我沒聽過的歌曲。難道又要煮那味道平淡無奇的山果嗎？

題目是什麼？

仁善用木製湯匙將密封容器中的東西盛入水壺之後，問道：

我是說我們的計畫。

她面帶微笑地回頭看我，把礦泉水倒進水壺裡。

這才想起，我從沒問過她計畫的題目。

我回答：

永不告別。

她雙手拿著水壺和兩個馬克杯走過來，反覆說著：永不告別。

＊＊＊

經由敞開的兩扇小門之間的風道，我看到了火花從暖爐的風孔裡猛烈地竄上來。

仁善把水壺放在燒得漆黑的暖爐上，水滴從壺嘴流下，瞬間變成水蒸氣，發出掃拭沙粒的聲音。

我們坐著，沒有說話，也沒有看著彼此的臉孔，直到聽見水壺的水煮沸的聲音時，仁善才打破沉默問道：

是不說告別的話，還是真的不告別？

水壺的壺嘴還沒冒出熱氣，要想超過沸點，還需要等待一段時間。

告別還沒完成嗎？

像白線一樣的水蒸氣開始從壺嘴冒出來，連著的蓋子嘎嘎地反覆打開、半蓋著。

妳是在延遲告別嗎？無限期？

從前門那邊看到的樹林下方幾乎都變暗了。樹根被雪覆蓋住，輪廓線條重新變得圓潤，在微光中隱約發亮。

我想著能不能穿越那黑暗。與昨晚不同，現在我有手電筒。但這期間雪越積越多，即使安全到達公車站，前往P邑的公車也不會行駛。如果想連絡仁善住的醫院，就得去開著燈的人家敲門，跟他們借電話。我在想，是不是縫合的神經斷了。難道是接受了切開肩膀的手術？麻醉出問題了嗎？還是有其他醫療事故？

仁善似乎已經放棄等待我的回答，右手戴上木工手套，拿起熱水滾沸的水壺，往並排放在工作台上的兩個馬克杯裡倒進熱水。

妳還記得擔心的事情嗎？

仁善先把倒了熱水的杯子遞給我之後才問道。不是山桑葚，嫩綠的清茶散發出青草味。

妳不是擔心濟州不會下大雪？

仁善拿著自己的杯子靠著工作台，露出了燦爛的笑容。看著那掛著微笑的嘴唇碰到茶杯，我想著，靈魂能喝那麼燙的東西嗎？

這是什麼茶？

我問道。

竹葉。

我也把嘴唇貼在杯子上。當一口茶順著食道而下的瞬間，我才明白我等了多久，喝著燙舌尖的東西。這種熱氣浸濕了食道和胃。

小時候全家人都喝這個，不怎麼喝白開水。

仁善說道：

大人經常要我去山上摘竹葉，說是對神經衰弱有好處。

我和嘴唇碰到杯子的仁善對視，我想著，這茶也會在她的肚子裡擴散嗎？如果仁善變成靈魂回到這裡，那我就是活著的人；如果仁善還活著，那我就是變成靈魂過來這裡。這股熱氣能同時蔓延到我們的體內嗎？

❄ ❄ ❄

我猛地向樹林轉過頭去，因為聽到了樹枝斷裂的聲音。

停止颳風才會折斷的，仁善好像在安慰我似的說道：

因為雪不飛走了，所以樹枝無法承受重量。

青灰色的微光照亮樹梢，帶著微弱光芒的鵝毛大雪不停地落在那上面。

我又喝了點茶，隨著胃部添加熱氣，低垂的肩膀舒展開來，腰也伸得筆直。我端著剩半杯茶的杯子，調整好姿勢說道：

……我也有好奇的事情。

仁善把肩膀向前傾斜，想集中精神聽我的話。

妳怎麼能在這裡生活？

仁善的身體又稍微向前傾斜了一點。

我是說妳一個人在這裡。

她面帶微笑地反問：

這裡怎麼了？

我是說在這種沒有路燈也沒有鄰居的房子裡生活。一下雪就會被孤立，斷電、斷水的房子。這種有著一整夜揮舞手臂的樹木，只要越過一條小溪，全村人就會被殺光，房子都會被燒毀的地方。

這些話我沒說出口，仁善好像是在安靜地反駁我先前說過的話。

我不是一個人啊！

我看見在她的臉上凝結著靜謐的光芒。

不是有阿麻嗎？

那光芒像是要熄滅，又如殘火一般淒涼地恢復。

阿米幾個月前死了。阿麻在那之後三天裡只喝了水，連牠最喜歡的桑葚也沒吃。

仁善暫時停下話語。

早上明明還好好的，晚上回到內屋一看，阿米的眼睛有點模糊。我立刻帶牠去了醫院，但沒過一天就死了。

從樹林中流入的微光正在迅速變暗。天色越黑，暖爐的風孔就變得越鮮紅。

為什麼連在我面前也裝著若無其事的樣子呢？明明不舒服，我也不是牠的天敵啊！

她接著說道，眼睛凝視著兩個紅孔。彷彿看著那些像是瞳孔的東西，這些曾經燒灼她內心的話語，就會像熔鐵一樣流淌出來。

我們對話了，妳也看到了吧？

仁善走下工作台問道：

難道我和牠們什麼話都沒說過嗎？鳥只是鳥，我也只是人嗎？

她用熟練的動作重新戴上木工手套，打開暖爐炙熱的小門。用燒火棍把木塊翻過來，火星四處濺射，火花的熱氣都吹到我的臉上。

但並不是一切都結束了。

仁善的聲音從那股熱浪中傳來。

還沒有分開，還沒有。

❄ ❄ ❄

我不知道該怎麼安慰她，只能低聲問道：

埋在哪裡了？

仁善關上被燒成鮮紅色的暖爐小門，然後回答：

院子。

院子哪裡？

樹下。

她抬頭望著沒有窗戶的院子牆壁說：

妳不是說過有一棵像人的樹？

我明白了，也許是我親手挖出雪中的墳墓，也許是我用鐵鍬砸碎枯骨、用鏟子將它弄亂了也未可知。

❄　❄　❄

當仁善伸出手時，我一時誤以為她是要跟我握手，但她只是要我把空杯子給她。她把我喝過的杯子和自己的杯子疊在一起，放在工作台上說道：

杯子就這樣放著吧。

那時我才知道，今天我和她的身體還沒有接觸過。好久才見一次的我們，總是會互相摟著肩膀，彼此問道這是多久沒見了，過的如何，在交談的時候總是握著手。今天我們不知不覺保持距離了嗎？像是身體接觸的瞬間，會被對方的死亡傳染一樣。

要喝豆粥嗎？

仁善往前門走去，背對著青幽色的外頭，一面問我。

妳不是喜歡豆粥嗎？

仁善伸手將背後的門關上，周圍太過昏暗，我看不清她的表情。

不是要先把豆子泡過以後才能煮嗎？

我轉身向掛著門鎖的她問道。

還有一些，那是我以前泡過冷凍起來的。停電了，攪碎機沒法用，應該會嚼到豆子，但那也很好吃。

仁善大步走在前面，我也跟著她走向後門。我只走在她的腳踏過的地方，神奇的是，她沒有撞到任何樹木，也沒有踩到血。在跟著她出門之前，我回頭看了看暖爐。在燒熱側面的兩個紅孔，依然像瞳孔一樣熾熱無比。

在昏暗的門外，仁善正冒著雪等我。雪花像羽毛一樣慢慢飄落，在逐漸消失的微光中，也能看到結晶的形象。

2 影子

仁善小心翼翼地打開玄關門，並回頭看我。她用食指抵著嘴唇說：

阿麻應該已經睡著了，別吵醒牠。

仁善就著照進房裡的微光打開鞋櫃，摸索內側架子，我站在門外看著她的側面。

手電筒怎麼不見了？

她像個灰心的孩子一樣自言自語，屏住呼吸，發出嘆息。

啊！有蠟燭。

為了利用餘光看清楚，仁善轉身朝向我。她不知從何處取來小火柴盒，從裡頭拿出火柴，隨著摩擦聲，火花燃起。仁善用火花點燃新的燭芯，然後把火柴吹熄。

進來吧。

她脫下工作鞋、走進客廳，並低聲說道。

我關上玄關門，跟著她走進客廳。雖然不算亮，但也還不能稱為完全黑暗的陰影，正滲入玻璃窗裡，數千朵雪花似乎吸納了那些陰影後飄落。

我抬頭看著餐桌上的罩燈，阿麻曾經坐在那上面邊鞦韆。牠回鳥籠裡去了嗎？是否真如仁善所說的睡著了？死了以後還能再睡覺嗎？

仁善彎著腰，專心地在廚房的餐桌上滴蠟。燭油充分聚集後，將蠟燭壓立在上面，緊緊按住，等待燭油凝固成乳色。

慶荷啊。

她低聲叫我，頭依然低垂。

能幫我蓋上鳥籠嗎？

我抬起腳後跟向鳥籠走去。門開著，彷彿阿麻用嘴巴打開門飛出來一樣。除了散落的穀子和半碗水之外，什麼都沒有。當我拿起掛在桌角的遮光布、蓋上空鐵網時，仁善問道：

牠睡得還好吧？

❄ ❄ ❄

我向廚房走去，若無其事地坐在餐桌椅子上，就像某個晚上偶然去了朋友家一樣。仁善也若無其事地在漆黑的冷凍庫裡翻找東西，像是滿腦子只想著如何招待突然來訪的朋友吃晚飯。

我看見燭芯吸取搖晃的燭油，冒出微小而靜謐的火苗，無法與工房暖爐激烈的火花相比。在搖曳的火苗內部，藍色的燭芯在晃動著，就像一顆跳動的種子，脈動似乎已經蔓延到昏暗的橘黃色邊緣。

我想起小時候曾經把手伸進火裡的事情，這個記憶遺忘許久了。小學畢業前的那年秋天，課外活動老師在吩咐過要格外小心之後，暫時離開科學教室。有孩子說用手指快速掃過酒精燈的火花，既不燙也不疼。想證明自己勇氣的人排著隊去試，其實心裡隱藏著恐懼。有些孩子掩飾不了害怕，將指尖伸進火裡，然後迅速移開。終於輪到我了，我用食指穿過火苗時，它的內部有著令人難以置信的柔軟觸感和上升的壓力。因為無法細細品嘗其滋味，為了記住這種剎那間的感覺，需要快速重複這動作好幾次，直到銳利的火苗越過角質和表皮，滲透到真皮為止。

我伸出了手，好像回到那個時候。一種不像現實中存在的柔軟瞬間包圍了我的皮膚，就在我用手指再次通過火苗的剎那，不知什麼東西在客廳方向的視野中晃動，我抬起頭來。

＊＊＊

小鳥的影子在白牆上無聲地飛翔，像是六、七歲孩子的身形一樣大。扭動的翅膀筋肉和半透明羽毛的微細部分，就像用放大鏡照射一樣清晰。

這個房子裡唯一的光源只有我面前的蠟燭，那個影子想要出現，必須有小鳥在蠟燭和牆壁之間飛翔。

沒關係。

我把臉轉向發出清晰聲音的仁善。

是阿米來了。

她的腰部靠在洗碗槽上，姿勢突然透出疲憊不堪的感覺。

牠不常來，今天來了。

燭光幾乎沒有接觸到仁善的臉，五官的輪廓在黑暗中被碾碎，看上去像是陌生人灰白而無表情的臉孔。

有時待上幾秒鐘就走了，有時會一直待到天亮。

仁善轉過身去，似乎覺得這樣的說明已經相當充分。她打開水龍頭，用模糊的聲音抱怨道：

……連水都停了。

窗外的微光完全消失，再也看不到青灰色的雪花飄落。昨晚我在那下面埋葬了阿麻，幾個月前仁善埋葬了阿米的樹木，也被漆黑的陰暗抹去。

那個時候我聽到聲音。

像是不知從哪裡傳來的布條互相摩擦、潮濕的泥塊在指縫中揉碎的聲音。這和仁善的聲音很像。不是此刻我身邊的她，而是躺在首爾病房的仁善；好像不是手，而像是聲帶受傷，只能發出幾近無聲的聲響。

我把椅子往後推，站了起來，向不知是想飛上去還是落下，彷彿永遠被困在梁柱和地板之間撲騰的影子走去。我朝向蠟燭和影子之間、應該有小鳥肉體存在的虛空伸出手。

不。

無聲被堆疊起來，聽起來就像是一句話一樣。

……不，不。

是幻聽嗎？在我懷疑的那一瞬間，單詞破碎、散落。布條摩擦的聲音拖曳著殘響，為之消失。

＊＊＊

仁善不知何時坐到了餐桌前。也許是因為靠近燭火的光芒映照在眼珠上，她的臉孔突然顯得精神奕奕，不像是剛才那個似乎很疲憊，靠在洗碗槽上的人。

去年秋天我來的時候……

我剛開口，那股勃勃的生氣立刻就從她的臉上消失。

當時阿米也說過那句話。

仁善似乎很冷，用雙手捂著蠟燭。她的手沐浴在燭光中變紅了。因為光線被遮住，周圍變得黑暗。

是跟妳學的？

仁善張開原本合攏的手指，像鮮血一樣明亮的光芒浸透了關節，從手指之間滲出。

也許是吧？

仁善回答，把手從蠟燭上移開，霎時間跳出的光線照亮了她的臉。

獨自一個人過久了，就會自言自語。

似乎是在徵求同意一般，仁善點點頭，她接著說：

有一些話在自言自語以後，為了想加以否認，養成了大聲說「不」的習慣。

我既沒有追問也沒有強迫，但她似乎覺得有義務要好好回答，慎重地選擇了下一句話。

鬼魂不能聽到的話、也許鬼魂聽到之後會讓它實現的願望……把那些都說出來之後，如同撕掉寫在紙上的東西一樣。

就像使勁用鉛筆寫字，在紙上留下痕跡一般，仁善的聲音變得清晰起來。

所以阿米一定只聽懂了我後面的聲音，牠也許以為我就是那樣啼叫的動物，所以跟著我叫也不一定。

＊＊＊

我沒有問她那個願望是什麼，因為我覺得那是我知道的東西。我所掙扎的、每天寫了又撕掉的、如箭頭般刺進胸口的東西。

有鉛筆嗎？

當我問起時，仁善從圍裙口袋裡拿出自動鉛筆遞給我。我接過時，背後的燭火搖曳，我的影子隨之晃動。我穿越客廳，越靠近牆壁，鳥和我的影子之間越近。我以為會碰觸到，但最後仍傾斜重疊。

我握著自動鉛筆的手伸出影子之外，順著阿米不斷變換臉部角度的輪廓在牆上畫線。因為鳥類不是雙眼視覺，所以總是移動臉孔看整體的形象。到底想看什麼呢？只留下了影子，也有什麼想看的嗎？

我沒怎麼用力，但筆芯總是斷掉。我用手掌扶著被影子覆蓋的冰冷牆壁往旁邊走去，並連續按壓鉛筆的頂部，讓新的筆芯露出來，繼續畫線。為了畫鳥的頭頂，我必須踮起腳跟，用力伸展手臂。然後，在我畫的輪廓線外發現了另一條線。那是去年秋天我畫的鉛筆線，雖然不太清晰，但像阿麻的頭部一樣。沿著仁善修長而平緩的肩膀輪廓畫出的線條，被新的影子覆蓋，消失不見。我這時才想到，如果天亮後看到這堵牆，那些交叉和重疊的線條，會讓我無法辨識任何形體。

自動鉛筆裡再也沒有筆芯了，我害怕地轉身朝廚房走去，因為原本仁善坐的椅子像蓋上遮光布的鳥籠一樣安靜。

但是我看到仁善被黑暗籠罩的肩膀，有規律的輕微呼吸聲在燭火後的寂靜中傳出，空著的反而是我坐過的椅子。

我回頭看牆壁，新的影子在晃動，好像要從剛才我畫的線條中扭身而出一般。黑色的輪廓延伸到天花板，像要滑翔的瞬間，翅膀為之展開。嗶，隱約的啼叫聲在虛空中迴盪之後消失。

阿麻回來了嗎？

我看著用布覆蓋的鳥籠，心想：

阿麻在哪裡？

❄　❄　❄

我回來坐下，餐桌上的蠟燭微微地變短，三、四條燭油沿著蠟燭流下並凝結。

……有時候好像還有別人在。

仁善從那些像小石頭一樣的燭滴中抬起眼睛，說道：

好像還有什麼東西留了下來，阿米也是這樣待了一陣子以後才離開。

她的提問越過靜寂而來：

妳也有那樣的時候嗎？

仁善向前傾斜肩膀時，她映照在天花板上的影子跟著一起搖晃。我意識到影子隨著她的呼吸或膨脹或收縮，我沒有回答這個問題，而是問她：

什麼時候開始的？

每當仁善集中精神時，我都會看到她的額頭習慣性地出現皺紋。是在計算月還是年的數量？火苗下滿盈、積聚的透明燭油瞬間溢了出來，霎時間變白，像是全新生成的突起一樣凝結在蠟燭上。

❄ ❄ ❄

自從看到骨頭以後。

仁善說：

……從滿洲回來的飛機上。

這個回答實在是出乎我的意料之外。我原本推測是在阿米死後，或者是仁善母親去世之後，去滿洲拍攝已經過了十年，那是她還住在首爾厚岩洞的時候。

那年秋天挖出了一些遺骸。

在哪裡？

我問道。

在濟州機場，仁善低聲回答：

……跑道下面。

我靜靜地看著她，她的眼神似乎在詢問妳是否也還記得，雖然忘了確切是哪一年，但我曾經讀過那篇報導，也記得土坑綁上了禁止接近黃線的照片。

仁善說：

我拿了一份放在飛機前門的報紙，坐在座位上，頭版下方刊載了現場照片。

＊　＊　＊

不知何時開始起風了，比起聲音，我從燭光的晃動更早知悉風的動靜。

我環顧客廳，小鳥的影子消失不見了。我順著移動的小鳥臉孔畫出輪廓的牆壁，看起來像是空無痕跡，可能是因為距離和黑暗的緣故。

我也看到仁善的視線投向那堵牆，感覺她似乎要突然站起來，大步邁向客廳，摘下蓋著鳥籠的布並問我：阿麻在哪裡？為什麼沒能救牠？

但是她終究沒有站起來，而是把雙手伸到自己的眼前，似乎在觀察是否有未發現的傷口或疤痕，反覆翻轉，仔細查看。

3 風

坑邊的一具骸骨奇怪地映入眼簾。

其他骸骨大多是頭蓋骨朝下，腿骨伸開趴著，只有那個骸骨朝坑壁側躺著，膝蓋大幅度彎曲。就像我們在難以入睡的時候、身體不舒服或者煩惱的時候，才會呈現的姿勢。

照片下面刊載的報導，推測說應該是十個人朝坑口站著，遭人從背後開槍，讓他們跌落到坑裡，然後再讓下一批人重新排好隊加以射擊，如此反覆。

當時我想到，只有那具骸骨呈現不同姿勢的原因，是因為被泥土覆蓋的那一瞬間，這個人還一息尚存。也許正因為如此，只有這具骸骨的腳骨上還穿著膠鞋。從膠鞋和整體骨骼都不大的情況來看，可能是女人或十多歲的男孩。

我不自覺地把那份報紙折起來，放進背包裡。回家打開行李時，我只把照片剪了下來，放進桌子的抽屜裡。因為晚上拿出來看太過可怕，只能在陽光燦爛的下午，打開抽屜看一眼後就立刻關上。到了冬天，我像是在模仿照片一樣，在桌子下面彎曲膝蓋側躺著。

奇怪的是，如果那樣做，不知從何時起，會感覺房間的溫度發生變化。那和冬日陽光照射或暖炕加熱後散開的溫度不同，我感覺到溫暖的氣體充斥在房間裡。如果撫摸棉花、羽毛和小孩子皮膚，手上會留下柔軟的感覺。壓縮那種感覺並加以提煉的話，似乎能讓其蔓延開來……

在那年歲末年初的時候，我計劃用那個人的故事來製作下一部電影。不知道名字、性別和當時年齡的那個人，骨架較小，穿著小尺寸的膠鞋，是戰爭爆發後，在濟州被拘留並遭到槍殺的一千多人之一。

如果當時那人是十多歲的話，出生年份大概和媽媽差不多。我計劃好要探討兩人之後發生的事情，關於一個人每天在飛機起降數十次的跑道下振動，另一個人住在這孤零零的房子裡，被褥下墊著鋸子，度過六十年歲月的故事。

我決定以瞭解那個人的過程為主軸。我打算先把照片給挖掘組看，然後從詢問保存遺骸和膠鞋的地方開始。當時我正讀到相關的後續報導，一百多具的骸骨中，有將近五十具經由他們親屬的基因比對，已經確認了身分，所以我也想到那個人可能就是其中一位，如果真是如此，那麼接下來就可以採訪他的遺屬了。

在那之前，為了簡單採訪媽媽，我拿著裝備回到濟州島。本來計劃把冬天的採收如何結束、睡得是否比以前更好等瑣碎的對話，作為電影的起始。我不想讓媽媽露出臉孔，為了不讓別人認出是誰，打算只讓她露出耳根、脖子和雙手。在整個放映期間，我想媽媽的整體形象只有一個就足夠了，那就是在被褥底下藏著生鏽鋸子，側躺著入眠的背影。

我下了早班飛機，坐公車回到家，時間還沒到中午。母親當時下山去村裡幫忙採收改良品種的橘子，要到晚上才會回來，所以我自己先行準備第二天要進行的採訪。我尋找合適的位置時，在倉庫的灰牆前放了一把椅子，也安裝了攝影機和麥克風，我坐在那裡開始說話，以作為測試。

我當時並沒有想到洞穴和父親的事情，更何況那也不是平時會想到的事，我無法理解自己為什麼開始講述那個故事，無法停止，但也無法流暢地一直說下去。在那堵牆下面，攝影裝備一次能拍攝的時間就那麼摸索著用完了。我一次又一次重複著那件事。

那天晚上睡覺的時候，我才知道現實正和計劃背道而馳。我沒有跟媽媽提起要採訪的事情，而是第二天凌晨在額頭上戴著攝影機去了那個村子。就是我以前告訴過妳，那個越過小溪遭到廢棄的村子。

我雖然在鄰近的地方長大，也去過好幾次旱川岸邊，但還是第一次越過那條小溪。出乎意料的是，村裡沒有留下石牆。但是即使沒有牆，還是能看出劃分房子和道路的部分，因為只有路和房子所在的地方沒有長出樹木。所有沿著小路興建的房基看起來都很幽靜，後院的竹林無邊無際地朝天空生長，還看到了很多以當時來說是相當大的房子遺址。

在那裡不可能找到父親老家的遺址。因為沒有住址也沒有地籍圖。

也因為沒有聽說過位於村子的哪一邊，房子有多大。

❄ ❄ ❄

院子裡不知道什麼東西被風吹倒，發出厚重的金屬聲音。似乎是我放在工房後門旁邊的鐵鍬，珠子般的燭油順著蠟燭流下，彷彿在回應著震動。

隨著風聲加大，燭火的晃動越發激烈。看不見的物體似乎存在於火花和天花板之間，火苗似乎非要接觸到那物體並加以焚燒般，往上垂直蔓延。如果是那麼長的火苗，不應該只是一根手指，而是整個手掌都能通過火苗的中心。

我聽著屋子裡所有窗戶與窗框撞擊所發出的哐噹聲音，想像著覆蓋院子中央樹木上的雪應該會被吹走，像碩大的羊齒葉一樣的樹枝應該會有活力地翻飛，伸展於工房前門外樹林中的合抱樹，也會抖落著雪粉晃動不已。

❄ ❄ ❄

那年父親十九歲。

父親有三個妹妹和一個弟弟，年紀分別是從十二歲到還在餵奶的階段，父親最珍愛的是當年正月初出生的小妹妹，恩英這個名字也是他取的。他勸阻爺爺繼學英、淑英、珍英、熙英之後，想要將妹妹取名為順英的想法。父親說孩子本來就很溫順，如果名字取得更柔弱，以後要怎麼辦？

奶奶給他買了一件下襬鬆緊設計的外套，讓他穿在冬天的校服外面。春天放假時，父親為了節省寄宿費用，收拾行李回家後，他會把妹妹放在外套裡，帶她去外面玩，見到朋友時，就打開拉鍊上端，讓朋友們看像絨毛一樣的頭髮。他也想聽到女孩們看到孩子伸出小手抓住襯衫領子時發出的驚嘆聲。每當奶奶責備他如果孩子掉出來怎麼辦，爸爸總說我一定緊緊抱住，不用擔心。如果真的摔倒的話，我一定會往後跌，妹妹不會有事。

從年齡上看，只有大兒子能與山上三百名武裝隊員扯上關係，被軍警懷疑，所以奶奶和爺爺一直很擔心父親。因為據說使用北韓方言的警察會闖進每個村莊，抓走年輕男人充當業績。此外，曾在日本殖民統治時期服役、負責思想教育的刑警，據說也還留下來，像解放前一樣針對一般民眾進行拷問。爺爺聽說在邑內警察署有高中生死去，於是讓父親獨自躲在山洞裡生活。在洞穴裡，父親白天點著煤油燈看書學習——等形勢好轉，他想去報考位於首爾的大學，太陽下山之後，為了不讓光線外露，他關燈坐著。午夜時分才回家吃冷飯、睡一會覺，天亮之前包好三、四顆甘薯和一包鹽，又回到山洞裡。

那個十一月的夜晚，父親也一如既往地走出洞穴回家。他越過旱川時，聽到哨聲，四周頓時變得明亮，原來是村裡的房子開始燃燒起來。

父親本能地知道他無論哪裡都不能去。他藏身在旱川邊的竹林中，聽到村子空地方向傳來七聲槍響。父親看著隨後而至的軍人吹著號角開始要居民移動。父親說雖然距離很遠，但他認出了牽手走路的兩個弟妹。因為更小的孩子走在最前面，也或許是因為揹著孩子的女人、彎腰的老人摔倒或走不快，導致隊伍為之延宕，每當這時，軍人們就會吹著哨子、揮動槍托。

直到再也看不見人群，父親才跑回村裡。回頭一看，在戶數更多的下村也看到火舌燃燒的情況。火光熾烈而明亮，煙氣上騰，連雲層似乎都出現白光。

他回家一看，只剩下房子的牆壁、田牆、石頭房子的牆體，其餘的一切都在燃燒。爸爸一進家門，只見院子裡充斥著紅色的東西，嚇了他一跳，原來是辣醬缸因為太過炙熱，都炸開了。父親確認家裡沒有人以後，跑到聽到槍聲的朴樹下面一看，發現有七具屍體，其中一個人是爺爺。軍人對照著每戶的居民名冊，不在家的男人就視為是參加武裝隊，然後屠殺剩餘的家人。

父親把屍體背回家，放在院子中央，隨手抱了一堆竹葉，代替布塊蓋住爺爺的臉和身體，然後從還有餘火的倉庫裡，把木柄燒毀的鐵鍬拉了出來，等待熱鐵涼掉後，在竹葉上覆蓋泥土。

❄ ❄ ❄

直往上竄的橙色火苗，柔軟地扭動著身體，仁善的視線緊盯著火苗，說：

我在那部電影裡沒提到這個事情。

我點點頭。這是事實，在那堵灰色牆壁前，她只講了在洞穴裡看到的黑暗，以及在下雪天足跡立刻被覆蓋等事情。

這是媽媽在陷入昏迷狀態之前告訴我的，攝影當時我並不知道。

臉頰和鼻梁能感覺到風速，餐桌上的罩燈緩緩搖晃，曾經緊繃豎立的燭火像要熄滅一樣蜷縮著身子。好像有什麼東西在外面抱著房子，它巨大、冰冷的氣息似乎鑽進了柱子和窗戶的縫隙。

才過一個星期，父親就被抓了。

仁善的視線從燭光移開，並說道：

因為父親再也無法僅依靠洞窟頂端滴下來的水過活，所以在下山尋找燒焦的糧食時遇到了警察，他們是為了逮捕埋葬屍體的人，而事先埋伏在那裡的。

那麼，他見到家人了嗎？

對於我問的問題，仁善搖了搖頭。

沒見到，因為軍隊和警察的指揮系統不同。父親在濟州邑碼頭的酒精工廠關了半個月，然後被運到木浦港。在碼頭等候的警察，當場告知父親關押地和刑期。

由於燭光閃爍的陰影，我無法分辨仁善的表情是時刻在變化，抑或只是光影在移動。

那麼，軍隊帶走的人呢？

關押在P邑的國民學校一個月後，他們在十二月全部被槍殺了，就在如今成為海水浴場的沙灘上。

全部？

除了軍警直系親屬外，全部。

❄ ❄ ❄

還在喝奶的孩子也被槍殺了？

因為目的就是滅絕。

要滅絕什麼？

共產黨。

❄ ❄ ❄

好像有人在用力敲擊一樣，玄關門咯噔咯噔地響，蜷縮在燭芯下的燭火突然鼓起軀體。仁善不為所動，將雙手平放在餐桌上，十根乾淨的手指整齊地伸展著，最後她用力扶著餐桌站起來說道：

我有東西要給妳看。

＊　＊　＊

我注視著仁善走向自己漆黑房間的背影。院子裡傳來東西再次倒下的聲音、防水布飄動的聲音，口哨般的刺耳風聲中，她一步步邁出腳步。就像使用身體某處的觸鬚代替眼睛一樣，動作緩慢而沉靜。

沒過多久，仁善拖出來的是放在鐵製書櫃裡的其中一個箱子。因為太暗了，我還以為什麼都看不見，難道是她記得位置嗎？仁善在蠟燭旁邊放下箱子，雙手打開蓋子。她依次拿出寫有日期和標題的黃色便條紙、貼有淡綠色和深綠色細長標誌的書籍，堆在餐桌上。我看到仁善沒有拿出箱底如手掌大小的相框，那是一張身穿西裝的男人和穿著連衣裙的年輕女人，在照相館拍攝的黑白照片。

我立即認出坐在木椅上的女人是仁善的母親。上次見面時，我感覺她是一個形似少女的老人，但照片中的她，和當時想像中她年輕時的稚嫩臉龐不同，是一個從矮小身軀中流露出溫暖和自信的年輕女人。相反的，看起來柔弱的一方，反而是將一隻手搭在她的肩膀上、站在她身後的瘦高男人。我看到他的五官像白瓷一樣乾淨，沒有雙眼皮的大眼睛含著濕潤的光芒。我覺得仁善的眼睛和體型很像父親，其餘的則很像年輕時的母親。

❄ ❄ ❄

仁善在堆疊如小山的書籍中，用指尖掃過一本本書脊，抽出副標題為「細川里篇」的資料集，書名旁邊編號為十二，我對這資料集並不陌生。二〇一二年冬天，我第一次看到放置於國立圖書館開架閱覽室書架上的該系列書籍。我當時為了寫有關K市的小說，而閱讀國內外相關事例，這些以村莊為單位採錄、有關濟州島屠殺事件的資料集，我毫不猶豫地略過了。因為六百頁的真相調查報告書和相關總論、包含在附錄裡的三十多人的證詞，壓得我喘不過氣來。

仁善翻開貼有淡綠色標誌的頁面，為了讓我能仔細閱讀，她把書的方向翻轉過來。我接過她遞給我的書。

從我們家看得最清楚，你看，只要坐在客廳，大海和農田都能看得清清楚楚。那天我也在內屋待著，因為不敢開門，所以在窗戶紙上挖了個洞偷看。

因為光線陰暗，而且內文的字很小，只有放在蠟燭正下方、臉貼近之後才能閱讀下去。書籍因為幾年來反覆歷經潮濕和乾燥，散發出陳舊的氣味。

日落時分，兩輛卡車載來滿滿的人，至少有一百名左右。軍人用刺刀在那塊農田畫出四方形的線，要那些人都站在裡面。站好、不要坐下、排好隊，好像是軍人在叫喊，但因為風吹向大海，聽不清楚。隨著哨聲不斷傳來，後來人們開始靜靜地排隊站在線裡，軍人就再也沒有吹哨子了。

一個看起來像是長官的軍人下達了命令，要站在線裡的十個人出列，整齊地面對大海站著。我以為是要給他們什麼處罰，所以靜靜地看著。只看見那些軍人從後面開槍，十個人全部往前倒下。軍人又命令十個人出列，大家都不想站出去，隊伍就亂了。軍人揮舞著槍托，要大家站好，站在後面的十多個人衝出線外，往我家的方向跑來。

當時我二十二歲，大兒子才剛出生一百日。那些軍人朝我們家開槍，我緊緊抱著孩子蓋上棉被。孩子他爹當時剛進民保團[10]，每天要去警察局工作，直到晚上才會回家。哎呀，只有孩子和我兩個人……我那時是第一次，也是最後一次聽到那麼多的槍聲。過了好一陣子才安靜下來，我渾身發抖，從窗戶洞裡往外看，那麼多的人全部倒在農田裡。軍人兩人一組，把一具具屍體扔進大海，看起來像是衣服漂浮在海上一樣。

＊＊＊

這本書沒有照片，照片刊登在另外一本書裡。

仁善翻開如同《讀者文摘》版型的薄書裡，貼著便利貼的一頁，如此說道。我看到黃色便利貼上用黑筆寫下的年份和日期，是十五年前的秋天。

一位蓄著灰色短捲髮，身材結實的老奶奶在黑白照片中，坐在地板上補織漁網。從只拍到木訥的側面來看，似乎老人不允許拍攝正面照片。可能因為不是口述錄音，而是採訪報導，照片下面單獨摘錄的證詞被翻譯成標準語。

10 民保團的起源是鄉保團，鄉保團成立於一九四八年五月十日國會議員選舉前夕，作為警察的「協助機關」，由轄區警察署長實際帶領團員。鄉保團作為右翼恐怖襲擊的幫凶，成為民怨的對象，選舉後的五月二十五日解散，但同年六月又組織民保團，當作警察的輔助團體。

我不吃海鮮。當時那個時局正處於荒年，加上還得餵奶，我如果不吃的話，就沒有乳汁，孩子就會餓死，所以只好看到什麼就吃什麼。但是從生活稍微變好開始，一直到今天為止，我連一口海產都沒吃過。那些人不是都被生長在海裡的東西啃光了嗎？

輕薄的光面紙反射著燭光，看起來更加明亮。而且字體比剛才讀到的稍大，閱讀起來相對容易。我只選讀正文中引號裡的部分，雖然內容與前面的證詞大致相同，但也有增加的內容。

我怕子彈飛進房間，所以蒙著被子，但總是想起隊伍裡面還有孩子在，心裡很緊張。我看到有幾個女人抱著像我兒子一樣大的孩子，也看到似乎快要臨盆、扶著肚子的女人。天色變黑時，槍聲停了下來，從窗紙的洞往外看，軍人正把渾身是血、倒在沙灘上的人扔向大海。剛開始以為是衣服漂浮在海上，但那些都是死人。第二天凌晨，我揹著孩子瞞著丈夫去了海邊。感覺一定會有被捲上來的嬰兒，所以仔細找了找，但沒看到。人那麼多，連一件衣服、一雙鞋子都沒找到。槍決的現場在夜間被退潮沖走，乾淨得連血跡都沒留下。我心想，原來是為了達到這個目的才在沙灘上射殺。

＊　＊　＊

在餐桌上的書籍中，仁善拿起最厚的單行本。這本的裝幀設計比較洗練，像是最近十年發行的書。

這是那位老人最後的證言。

仁善翻開貼著亮橙色標誌的書頁後，出現了一張老人的彩色照片。她的頭髮像白鳥羽毛一樣稀薄，肌肉消失了，體型變得跟孩子一樣，看起來幾乎是另一個人。她背靠著同一間房子的柱子，從她攙扶著膝蓋的身上能感受到生命力的地方，只剩下對著鏡頭張開的雙眼。

＊　＊　＊

以後不要再來找我了，該說的都已經說完了，為什麼還總是來找我？

之前沒說過的事情？

……有什麼沒說過的啊？

剛開始是什麼研究所的人來找我，拜託我，說什麼沒多少人親眼看到，在過世之前不說的話，以後誰都不會知道。我覺得這句話說的沒錯，那時候就第一次回答了。可是有了第一次，其他地方的人都來了。我雖然知道他們問完我以後就會離開，剩我一個人心煩意亂好幾天，但我還是都說了。

我丈夫如果還活著，一定會覺得厭煩，但他過世得早，沒能阻止我，他也不可能從陰間跑出來。如果有靈魂的話，他在夢裡也有可能會勸阻我，但我從來沒做過那樣的夢。

我丈夫在那時候沒有受到迫害，因為他是六．二五戰爭[11]參戰軍人，去戰場以後差點死掉。當時的濟州島民有很多都去加入海軍。反正如果待在島上，要麼是被軍警

11 一九五〇年六月二十五日凌晨，北韓軍隊突然進攻北緯三十八度線以南，由此引發的戰爭，一般稱之為韓國戰爭。一九五三年七月二十七日停戰，雙方確定了停戰線，停戰狀態一直持續到今天。

抓走殺死，要麼是加入民保團，跟著軍警看到那些慘不忍睹的事情，選擇就是兩者之一。說是只要離開島上，哪怕是一天，都能夠睡好覺。我丈夫是濟州島上最先申請自願入伍的，三年期間不知道他的生死，沒有任何消息，三年過後終於回來了。他的運氣好，濟州島有很多人都戰死了。我聽到很多人竊竊私語說，濟州島人都是共產黨，大家都很難顧全自己的生命。

戰前我丈夫跟著軍警幹了什麼事情，他從來沒跟我說過，我怎麼會知道？因為不是他自願跟著軍警的。他當時跟幾個人一起建築城牆，警察過來挑選了幾個人。因為當時不是現在這樣的世界，人家命令什麼就得服從。

西青——就是西北青年團[12]的人很殘忍，聽說就算是一直一起行動的民保團成員，只要是看不順眼的也會被殺掉，這讓我很擔心。我還聽說過，他們在派出所的院子裡用刺刀將女人活活刺死，還讓民保團隊員用竹槍捅她們。我常常對丈夫說，絕對不能做那些會跟別人結怨的事。我丈夫總說，他只是幫忙翻譯，因為西青的人聽不懂濟州

12 北韓社會改革當時，逃到南韓境內的北韓各道青年團體，於一九四六年十一月三十日在首爾成立極右反共團體，正式名稱是「西北青年會」。以當時日本殖民時期失去經濟、政治既有權利而南下的地主家庭出身的青年為主軸組建。西北青年團幫助警察遂行查找左翼份子等任務，每當左、右翼發生衝突時，都起到右翼陣營先鋒的作用。

話，濟州島的人也聽不懂西青的人說的話。在疏散居民、焚燒山中樹木的時候，我丈夫也會去家家戶戶敲門，要居民快點出來。奇怪的是，從那時開始一直到他去當兵前為止，他從來不抱我們家的孩子，說是碰到身體的話，會給孩子帶來厄運。他甚至說連目光都不能有交集，所以看都不看孩子一眼。

我丈夫生前從來沒有罵過軍警，好與不好，他根本沒說過，但他一聽到共產黨三個字，就覺得很厭惡。他說左翼的武裝隊那些人做過什麼好事？殺死幾個警察和他們無辜的家人之後，就逃到山上去，但那個村莊的兩、三百人卻被報復而集體犧牲。說是要建設地上樂園，但是那簡直就是地獄，什麼樂園？

對於那一天看到的事情，我從來沒跟丈夫提起。對一個半夜才安靜地回來，背對著我，蜷縮身體睡覺的人，還能說些什麼？

在研究所的人來找我之前，我只說過一次那天發生的事情。當時還喝著奶的兒子已經上了中學，也就是過了十五年後。

雖然早晚都颳著風，但白天還是陽光炙熱的時候，我在大門前曬著紅辣椒，突然有一個陌生男人來找我。說是有話要問我，他恭敬地說，在戰爭爆發之前，我們是否也住在這裡。

那時是軍事革命時期，是一個誰都不會吭聲的年代。如果我回答是從別的地方搬來的就好了，但我本來就是沒有什麼心機、不會說謊的人。而且我看他也不像是從官廳裡來的人，不管是眼睛還是聲音，都不像是能殺死一隻蟲子的人，所以我讓他先進來。他坐在門前的石階上，因為男女有別，我把大門敞開，生怕別人看到後會誤會，所以輕聲問他有什麼事。那個人吞吞吐吐地道歉，說莫名其妙地找上門來很抱歉，不該打擾您。哎呀，我的個性非常直爽，受不了那種繁文縟節，於是跟他說沒關係，快問吧，問了以後就趕緊走吧。那個人開口了，問我那天有沒有在沙灘上看見孩子。

聽到這個提問，我心口一緊，胸前好像被熨斗壓住一樣，喘不過氣來。又不是我犯罪，不知道自己為什麼會眼睛模糊、口乾舌燥。明知道應該跟他說沒看到，讓他趕快離開，很奇怪的是，我竟然想回答這個問題。就好像我一直在等候這個人，活了十五年，只為了等著有人來問我這個事情。

所以我如實回答了。確實是有看到孩子。我結結巴巴地回答，心臟狂跳，好像就要裂開。但那個人反而靜靜地待了半晌，然後問我有沒有聽到嬰兒的哭聲。

雖然是第一次見到這個人，而且要是我丈夫知道就完蛋了，但我就像失魂落魄的人一樣，還是回答了他的問題。雖然沒聽到哭聲，但是看到女人抱著孩子站著。我真的看到了，三個女人緊挨著沙灘上畫的線，緊抱著嬰兒站著。七、八個看起來像四歲、七歲、最多十歲的孩子聚在那裡。孩子們抬頭看女人，偶爾張開嘴巴，不知道是在說什麼，還是在哭。因為風是朝海邊吹，所以聽不見聲音。

那個人只是一動也不動地坐著，我心想他應該是沒有問題要問了。可是他又再次問我，有沒有發現被海水沖上岸的孩子，就算不是那天，隔天，或者下個月也好。

我再也沒有力氣回答他了……我原本想問他為什麼要問這個十多年前的事，但是卻開不了口。我好不容易才回答他，沒有任何人被捲上來，那時我才看到，那個人的襯衫從脖頸到後背全部都濕透了。

我去廚房盛了一碗水來，可是那個人沒有接過去。他的雙手放在膝蓋上不停發抖，即使勉強接過碗，可能還沒碰到嘴唇就會打翻。他可能是因為知道會這樣才沒接過去，我雖然也知道原因，但也不能無情地把水拿去倒掉，只能站在原地好一陣子。

我心想孩子們馬上就要從學校回來，快走吧；我丈夫如果知道，我就完蛋了，拜託他在那之前快走吧。我重新回到廚房，把碗放下，手按在胸前好幾次。我出來一看，那個人不見了，我坐在沒有留下任何痕跡的石階上，望著藍色的大海，好像還會再聽到那個人的腳步聲，但我不知道自己是在等待，抑或是在害怕。

4
靜寂

睜開眼睛的瞬間，讓我驚嚇的是黑暗。埋首在書裡的時候，我忘記了此處是何處，我甚至沒有察覺到在這段期間內，風已經停了。我呆呆地抬頭望著原本好像就要破碎一樣顫動的黑色玻璃窗，彷彿是在夢中突然開啟另一個夢之門而進入的寂靜。燭火也停止搖晃。淡藍色種子般的燭芯凝視著我的眼睛。蠟燭的燭身又融化了近半根手指，幾串珠子似的燭油流到餐桌上凝住。

我也去過那個住家。

坐在對面的仁善弓著背說道。

什麼時候？

前年。只有她兒子夫婦住在那裡。

她一字一句地回答，如同用舌尖推開寂靜。

這個採訪過後的那年冬天，老人去世了。

積聚的清澈濁淚隨著新的珠帶流下來。

有一件事情她誤會了。

仁善轉頭看著內屋，我也跟著回頭張望。從半開著的推拉門看到的內部只有黑暗。

我從經驗得知，父親的手顫抖得無法接過水碗，並不是因為那一瞬間的情緒。

仁善的拳頭放在心臟的位置上說道：

父親曾經把比這個稍微大一點的石頭加熱後放在這裡，靠在內屋的牆壁坐著。他說比起躺著，這個姿勢更能讓呼吸順暢。

我看到仁善放在黑色大衣上的蒼白拳頭，淡青色的靜脈突出，拳頭比石頭更像心臟。

石頭如果涼掉，爸爸就會叫我。我拿著微溫的石頭去廚房，媽媽接過之後會放進鍋裡煮。我記得自己一直看著黑石上密密麻麻的洞，直到它起泡為止。媽媽把熱水倒掉，把石頭包在抹布裡，我接過之後，拿去給爸爸。

仁善的拳頭從胸前移開，像放下心臟一樣，靜靜地放在餐桌上。

他心臟不舒服嗎？

他一直服用心絞痛的藥，最終是因為心肌梗塞去世的。

她淡然地回答：

雙手發抖也是拷問的後遺症。

＊　＊　＊

看著仁善張開拳頭，慢慢地闔上書籍，我忽然想起來。

這些資料是從什麼時候開始收集的？

她前年去拜訪那個位於海邊的住家，所以應該是在那之前開始的。雖然可以在道立圖書館或四．三研究所閱覽或借閱，但若是要收藏，還需要另外做些什麼。如果想找到沒有數位資料的雜誌，就得去舊書店翻閱或連絡首爾的雜誌社，跟他們購買過去發行的庫存資料。這些對仁善來說，應該不是很困難或生疏的事情。在用最少的預算製作電影的十年期間，調查資料和聯絡相關人士，一切都是她獨自完成的。

下一瞬間我想，她是不是在準備拍電影？難道是想重新拍攝，或是為了補充最後一部電影，而做這些幕後工作？

但是在我問完這個問題之前，仁善的表情從沉靜變為僵硬。

＊ ＊ ＊

我沒想過要做那些事。

她的雙手手肘放在餐桌上，十指交叉放在下巴和下嘴唇上的動作，我突然覺得和剛才照片中的老人有些相似。眉間皺紋深刻的額頭和固執的表情，幾乎與最後一次和觀眾對話時相同。仁善最後一部上映的電影沒有受到太多好評，其副標題是「寄給父親歷史的影像詩」，出自電影節企劃人的友好評論。但當時仁善也像現在一樣，眉間呈現了深刻的皺紋，她反駁了這個副標題。這不是為了父親而拍的電影，也不是關於歷史的電影，更不是影像詩。主持人似乎嚇了一跳，圓滑地微笑問道：那麼這個電影是在探討什麼？我不記得她怎麼回答那個問題，只是每次想猜測她放棄拍攝電影的理由時，我都會想起那天仁善的臉孔。主持人的態度夾雜著困惑、好奇心和冷漠，觀眾席上則是疑惑不解的沉默，仁善似乎受到只能說真話的詛咒，慢慢地繼續回答下去。

＊ ＊ ＊

在過去四年裡，除了我們的計畫之外，我沒有想過別的。

仁善鬆開十指，把手從下嘴唇上放下來，說道。這次是我制止了想繼續說下去的仁善。

仁善啊，不是說好了不要做了嗎？

我想起去年夏天我打電話告訴仁善，要她放棄那個計畫時，她在電話彼端可能浮現出無法接受的表情。

那時候不是說過了嗎？一開始就是我想錯了，我想得太單純了。

仁善沒有立刻反駁，而是閉上了眼睛、整理思路。不一會兒她睜開眼睛沉著問道：

那妳現在為什麼改變想法了呢？

在那一瞬間，我彷彿開關被打開，夢中的感覺重現，我屏住呼吸。運動鞋鞋底似乎踩到了從白雪覆蓋的地上滲出的水。水霎時間就漲到膝蓋，把黑樹和墳墓籠罩起來。

夢是可怕的。

我降低聲音說道：

不，夢是可恥的，因為會不自覺地把所有事情都暴露出來。

我覺得這是個奇怪的夜晚，我把從未對任何人說過的話向她表白。

每天晚上噩夢都會將我的生命盜走，好像活著的任何人都已不在身邊。

不是啊，仁善打斷我的話，插嘴說道：

對妳來說，並不是所有活著的人都不在妳身邊。

她的語調很堅決，好像在生氣，水汪汪的眼睛突然一閃，穿透了我的眼睛。

……不是還有我嗎？

❄ ❄ ❄

我閉上眼睛，因為在那一瞬間想到是不是連仁善都要失去了，而感受到無聲的痛苦。

我二十四歲時，第一次和同齡的仁善見面，她畢業於當時是二年制大學的攝影系，然後就開始進入社會工作，幾乎在所有方面都比我成熟、有能力。雖然我沒跟她說過，但有時覺得她像是姐姐。我們一起採訪名山及山下村落時，第三個採訪的名山是月出山。在開始登山之前，我胃痙攣症狀發作的時候，第一次出現這種感受。

仁善從靈巖邑內唯一的藥店買回鎮痛劑和抗痙攣劑，在原味優格上放上塑膠湯匙，一起遞給我後說道：

藥師給的是胃腸藥，但不知為什麼，我總覺得吃那藥會吐得更嚴重，所以買了這個。

我吃了那些藥之後，還是一整夜不舒服，最後不得不取消第二天的行程時，她爽快地說道：

先回去，星期六再來怎麼樣？我不會再申報出差費，這次就當做是和生病的朋友一起來旅行就是了。

那個星期六凌晨在火車站裡，仁善真的像朋友一樣，自然而然地向我揮手。在邑內住宿的地方卸下行李後，我們立刻開始爬山，到了風口，仁善在能夠看到四方風景的地方設置完三腳架後，拿出在家裡簡單包好的紫菜包飯，材料只有切好的黃瓜、胡蘿蔔和牛蒡，味道平凡而清淡。我之後經常吃到她做的菜，味道永遠都是那樣。

如果是妳，妳會怎麼做？

吃完紫菜包飯起身之前，仁善問起這個問題，我不太理解問題的含意。

如果妳是那個女人的話。

巧合的是，我們到那時為止一起去過的三座山上，都有傳說的岩石，當時我們正談著這個話題。故事的模式幾乎相同，有一個老乞丐去敲山下村落所有住家的門，請求給他一頓飯吃，但總是遭到拒絕，只有一個女人給了他一碗飯。為了表示感謝，他告訴女人，隔天天亮前要爬上山去，而且不要告訴任何人。在翻越過山嶺之前，絕對不能回頭看。當女人按照老人所說的到達半山腰時，海嘯和暴雨吞噬了村莊，她本能地回頭一看，於是就變成了石頭。

那是白天突然變長的五月下旬。仁善挽起薄紗棉襯衫的袖子，坐在寬闊的石頭上，反覆將香菸放進嘴裡，但沒有點火，而是再放回菸盒。她二十幾歲的時候一直抽菸，三十歲時戒掉了。當時正值乾旱警報發布之際，所以十分注意預防火災。

如果那時不回頭看的話，就會獲得自由……就那樣翻越過山嶺的話。

聽著調皮嘟囔著的仁善聲音，我想起第一個月和第二個月出差時也曾經看到的岩石。那些不管是繼女、兒媳還是奴婢，在山下的現實生活中最辛苦的女人，因為回頭看了一眼，都變成了細長石像般的岩石。

什麼時候變成石頭的？

我沒有回答，代之以詢問她道：

一回頭看就變成那樣了嗎？還是過了一段時間之後呢？

我們在太陽西斜之前下山，回到位於三樓的住處，打開窗戶，呼吸外面的空氣時，我又想起那時中斷的對話。因為從窗外可以看到站在半山腰上的女人形狀岩石，其背對著夕陽的黑色輪廓。

眼前瞬間浮現女人看到自己的雙腳變成石頭，因而受到驚嚇的形象。那時再次轉身繼續往上爬就行了，因為只有雙腳變硬。女人拖著變成石頭的雙腳又走了幾步，但她又回頭看，這次連小腿也變成石頭了。她拖著沉重的雙腿，爬上斜坡，翻越過山頭就能活下去，只要不回頭看。但她最終還是轉過頭去，膝蓋以下都變成石頭，再也沒有辦法了。她一直站在那裡，直到淹沒所有房屋和樹木的大水退去為止；直到骨盆、心臟、肩膀都變成石頭為止；直到睜著的眼睛也成為岩石的一部分，不再布滿血絲為止。經過數千、數萬次日夜交替，她淋著雨、雪。她究竟看到了什麼，那裡究竟有什麼東西，必須這樣一直回頭看望。

只是變成石頭，不是死了吧？

正為裝備充電、整理行李的仁善走到窗邊問道。她點燃香菸，吸進煙氣，然後向窗外長長吐出。

當時也有可能沒死，因為那樣……嗯，就像表皮變成石頭一樣。

她的眼睛裡閃爍著笑意。

啊，這麼說起來，好像真的有可能是那樣。

仁善故意露出真摯表情，表示自己不是在開玩笑，然後突然說起了半語[13]。

女人一定是把表皮蛻下來之後走掉了！

面對像孩子高呼萬歲般舉起雙手的仁善，我也笑著說起半語。

到哪裡去了？

那個嘛，要看她的心情了。翻山越嶺之後，過上新的生活，或者相反的，她跳進水裡……

在那一瞬間以後，我們彼此再也沒有使用過敬語。

13　韓語中有敬語和半語，半語通常是對同輩和比自己年紀小的人說的。

水裡？

嗯，去潛水了。

為什麼？

應該是有想打撈的人，所以才會回頭看吧？

從那個晚上開始，我和仁善變成了真正的朋友。在她回濟州島以前，她一直陪伴著我人生的每一個起點與轉折。我辭去雜誌社的工作沒多久，父母過世了，獨自一人在空蕩蕩的公寓裡待著的那段時期，她經常突然給我發簡訊後，跑來找我。妳只需要做一件事就行了，給我開門。我按照她說的打開玄關門，她用那冰冷且夾雜菸味的手抱住了我的肩膀。

❄ ❄ ❄

我睜開眼睛，靜寂和黑暗依然在等待著。

看不見的雪花好像漂浮在我們中間，我們未及說出的話語，似乎正被密封在結晶的空間中。

❄ ❄ ❄

燃燒的蠟燭芯尖上冒出一縷黑線般的煙，我一直看著那根線上升、消散、滲進空中，眼前似乎掠過軍人伸手在石屋屋簷上點著火把的影像。我問仁善：

這房子當時也被燒了嗎？

我在想越過小溪、焚燒村落的那一夜，他們是否也來到了這裡。著火了，快出來啊！穿過院子的他們會吹著哨子敲門嗎？

那時候誰住在這間房子裡？

他們是不是在那個推拉門上插進刺刀之後走進來？誰在裡面呢？

這個房子是媽媽的娘家。

仁善回答。

外曾祖母和大兒子夫婦一起生活，他們一接到疏散令就急忙下山，寄居在海邊的堂叔家，因而躲過了那一夜。有地方可以寄居，運氣算是很好。

仁善補充說道：

當然這房子當時也著火了，後來才重新修復只剩石牆的房子。

❇ ❇ ❇

原來我們坐在火勢蔓延的位置上啊，我想道。

坐在梁木坍塌、餘燼上竄的位置上。

❇ ❇ ❇

仁善一起身，她的影子就升到天花板上。隨著她把資料裝進箱子、蓋上蓋子的動作，影子反覆變大和下沉。

要不要一起去房間？

我沒有回答，她好像確定我一定會跟她一起去似的，自言自語說蠟燭怎麼辦？

仁善走到洗碗槽，一手拿著紙杯，另一手拿著剪刀回來。她把杯子的底部剪成十字，弄出空隙。然後把用燭油固定的蠟燭摘下來，插在那裡，透過白色塗層紙發出的火光變得隱隱約約。

一起去吧。

我沒有站起來。

我有東西想跟妳一起看。

仁善的影子幾乎是人形立牌的兩倍，在靠近天花板的白色壁紙上滑動著。

我之所以把椅子往後推、站起來，是因為希望那個影子能停下來。因為我不希望它像翻覆的墨水一樣蔓延過來，吞噬我的影子。

我把雙手伸進箱子的底部，將相當沉重的箱子緊貼胸前。手持蠟燭的仁善走在前面，我們的身體完全沒有接觸到，影子如同肩膀相連的一對巨人，在天花板和牆壁上晃動，一起往前走。

她越過推拉門的門檻走進房間，推拉門不透明玻璃上裝飾有「亞」字形格紋。跟著她進去之前，我回頭張望，只見客廳和廚房在燭光消失後，暗得像在黑水裡一樣。我一腳踏進燭光陰影蔓延的房間，就像是進入遇難的船舶下層留有空氣的船艙。我用肩膀把門關上，彷彿要擋住湧進來的海水。

❄ ❄ ❄

仁善向對面的鐵製書櫃走去，我跟在她後面。

每個箱子上的便利貼的黑字，看起來似乎在燭光的照耀下，一點一點地移動。仁善的字寫得又快又好。用力書寫筆畫的同時，字形也不會歪斜。那些字跡在燭光照射下像聲音一樣被喚醒，但當燭光一經過就立刻安靜下來。大部分都是地名與年份，此外還有看似證人的姓名、推測為出生年的數字。

這裡，我把抱著的箱子塞進仁善指著的空位。下一瞬間，我與彎腰的仁善手臂一起畫著驚險的弧線，蠟燭朝向書櫃下方，我感覺到類似船在搖晃，箱子要散出來的暈眩。

能幫我拿一下嗎？

我一接過蠟燭，仁善的腰彎得更低。就像在殘骸裡摸索一樣，她用指尖探索著最下面大大小小的箱子。我明白了那個重複過無數次的熟悉動作，就是在木工房的暖爐前，對於我問過的問題做出的回答。她是怎樣獨自在這裡生活的，這些年都做了些什麼。

❄　❄　❄

仁善從最下層拉出一個箱子，大概拉出一半時，她打開蓋子，取出地圖。將摺疊三次的大縮尺地圖在地板上攤開後，扶著一側膝蓋坐著說道：

這裡是媽媽上過的學校，在韓地內。

蠟燭照著仁善食指指著的米粒大小圓圈，我也單膝跪坐著。不知那個地方現在是不是也還有學校，在圓圈裡印有帶旗幟的建築符號。

這個房子在哪？

這裡。

仁善指尖所指的位置在我想像的地方上端，在間距密集的褐色等高線中。

媽媽以前住過的房子在這裡。

仁善指的地方幾乎和最初指著的學校位置相近，用黑色簽字筆畫出黑點。

媽媽說過，如果學校太遠的話，她可能上不了學。

因為當時正是可以讓兒子寄宿或上邑內的中學，但絕不會讓女兒上學的年代。

仁善用食指和中指覆蓋相鄰的兩個黑點說道。

村裡的人指責讓三個女兒受教育要幹什麼，外婆笑著回答，世界變了。媽媽和小姨知道她們在寫作業的時候，外婆儘量不會讓她們幹活，所以總是故意拖延時間。

仁善用剪得很短的指甲向村落上方畫出一條長而平緩的曲線。疏散令是在海岸五公里內下達的，所以這條線外面的韓地內不在範圍之內。突然變成堂叔家累贅的外婆家人只擔心得看別人的臉色，所以外婆讓大姨和媽媽拿著大米和甘薯去跑腿。

仁善的指尖到達接近大海的黑點上，看起來像是堂叔家的標示。

因為十里路很遠，所以二十歲的舅舅原本想幫她們拿，但因為年輕男人的處境太危險，外公勸他待在家裡。八歲的小姨也說要一起去，自己洗臉、穿好衣服後出來，結果外婆說不行，說她連五里路都走不了，到時候一定會讓姐姐們背，豈不是更慘。

❄　❄　❄

以前我跟妳說過這個事情，妳還記得嗎？

仁善問我的瞬間，那個夜晚的一切都變得十分鮮明。沒有人踩過的雪覆蓋著車道和人行道。直式招牌、冷氣室外機、舊窗框上面的雪也完美地層層堆疊。滲到運動鞋裡的雪太過冰涼，令我感到腳底疼痛，但同時，踩雪的感覺柔軟得令人難以置信，每個腳步踏出的瞬間，都感覺無法區別心情究竟是痛苦還是快樂。

那個故事中有令人沉迷的東西，也有我理解錯誤的地方。

仁善入神地凝視地圖，似乎自己用簽字筆點上的黑點是水井，有什麼東西映照在黑色水面一樣。

姐妹倆回到村子時，屍體不是擺在國民學校的操場上，而是在校門對面的麥田裡，還被雪覆蓋著。幾乎每個村莊的模式都一樣，把人集合到學校操場上，然後在附近的田地或水邊射殺。

地圖上黑點的突然晃動可能是我的錯覺，就如同在我移開視線之後，立即就會移動的裝死昆蟲一樣。

她們一一擦掉屍體臉上的積雪，終於找到了父親和母親，應該在旁邊的哥哥和老么卻不見了。雖然猜想會不會看到軍人進村後，年輕男子提前逃跑了——舅舅曾經是運動會接力賽選手的最後一棒——但是老么不見了是一件奇怪的事情，所以兩人變得心急起來。她們推開麥田裡死去的一百多人屍體，再次查看妹妹是不是被壓在下面。到了天黑時分，她們抱著一線希望去了被燒毀的故居。

❄ ❄ ❄

那個孩子在那裡。

剛開始媽媽以為是一堆掉下來的紅色布料，阿姨摸著被血浸濕的上衣，找到了位於肚子的彈孔。媽媽把血液凝固後黏在臉上的頭髮撥開一看，下巴的下方也有洞。子彈打碎了部分顎骨後飛走，凝固的頭髮可能發揮了止血的作用，一撥開，鮮血又湧了出來。

大姨脫掉上衣，用牙齒撕開了兩個衣袖，在兩處傷口止血。姐妹倆輪流背著沒有意識的妹妹走到堂叔家。三姐妹像泡在紅豆粥裡一樣，血淋淋的進了家門，嚇得大人們說不出話來。

因為宵禁，不能去醫院也不能叫醫生，在漆黑的房間裡待了一夜。妹妹換上堂叔家的衣服，沒有發出痛苦的聲音，只是呼吸著。躺在旁邊的媽媽咬破自己的手指，流出血來。因為她想妹妹流了很多血，所以得喝鮮血才能活下去。媽媽把自己的手指伸進妹妹不久前才掉了門牙、長出一點新牙的地方，說是血液流入身體裡更好。媽媽說那瞬間妹妹像孩子一樣吸吮著她的手指，她開心得喘不過氣來。

❄ ❄ ❄

仁善的眼珠裡燃燒著火花和菸灰。她閉上了眼睛，像要壓住它們一樣。當她再次睜開眼睛時，那火就不再燃燒了。

隨著精神逐漸變得恍惚，媽媽說得最多的就是那天晚上的事情。

我手中蠟燭的光芒從下往上照著仁善的臉，她的鼻梁和眼皮上泛著一片漆黑的陰影。

那個時期媽媽像摔角選手一樣，力氣非常大。每當說到這個事情的時候，或者說完之後，都會用力握住我的手，我的手腕痛到幾乎想甩開。媽媽說每次手指出血時；每當指甲剪得很短而出現傷口時；尚未完全結疤的傷口不小心碰到鹽的時候，就會想起在黑暗中吸吮自己手指的嘴巴。

❄ ❄ ❄

媽媽一直在問自己：

那個小孩爬回家的時候在想什麼？躺在斷了氣的爸爸、媽媽身邊，然後從漆黑的麥田爬回家時，她應該想到外出跑腿的姐姐會回來吧？是不是想到兩個姐姐會回來救她呢？

❄　❄　❄

仁善停止說話。

因為聽到了從屋外傳來的聲音。

那是只有屏住呼吸才能聽到的微小聲音，像沙子在水裡被掃過一樣，像有人用指尖攪亂米粒一樣的聲音，微微地變大然後減弱。

在這兒待著吧。

我並沒有說要一起出去，仁善卻悄聲勸阻：

我們不在這裡也沒關係。

她接著低聲說道：

因為不是來見我們的。

如同米粒散去，沙子被颳走的聲音逐漸變大。

羽毛擦肩而過、撲騰聲、嗶嗶低聲啼叫的聲音，幾乎同時從鳥籠、餐桌和洗碗槽那邊傳來。鳥兒來了嗎，我想。不是影子，而是振動翅膀肌肉飛翔的、在餐桌的罩燈上盪鞦韆的鳥兒。

我們一直沒有開口，直到聲音停止。如同水流消退般，聲音變得模糊。音量逐漸變低，就像音樂的休止符一樣，在低聲細語之後停止，像是突然睡著的人一樣，一切都變得平靜。

5 降落

仰望著被黑暗籠罩的玻璃窗，我心想，有如身處水中的寂靜。一打開窗戶，黑色的水流似乎就會湧進，將一切淹沒。

我曾經看過安裝在無人潛艇上的攝影機潛入深海拍攝的影片。從水面折射下來的暗綠色光線變淡，瞬間變為漆黑。幽靈般的光點在畫面的黑暗中有規律地閃爍、消失，那是遠處的生命體發出的光芒。畫面中偶爾會拍到發光的生物，但剎那間就失去蹤影。光點閃爍的垂直區間越來越短，與其交會的黑暗區間變長。當我想到會不會從此一直呈現黑暗的時候，出現了深海水母發出的半透明光芒，和如同巨大暴風雪般的景象。所有海底生物的屍體都成了軟泥，沉入海底。水壓導致潛艇的燈光熄滅，不知道最後畫面的黑暗是因為位處深淵，還是因為訊號停止輸出所致。

❄ ❄ ❄

我不太瞭解媽媽。

仁善站起來走近漆黑的書架說道：

我曾經以為我太瞭解媽媽了。

我看著她修長的背影，似乎因為連接到天花板上的影子而變得更長了。她踮起腳後跟向上方的空間伸手，短襪上方露出了乾瘦的腳踝。

我在想要不要站起來幫她時，仁善把箱子抱在胸前。

❄ ❄ ❄

仁善把箱子放在地圖前面，在打開蓋子之前，她又摺了一節袖子。究竟有什麼是衣袖不能接觸的呢？

她首先拿出來的是變色的剪報。為了不讓紙張散開，不知是誰用灰色棉線綁起來，繫上蝴蝶結。為了避免照片損壞，又用同樣的方式捆綁，中間夾著習字紙。仁善把這些照片並排放在地圖上。

仁善解開綁著剪報的蝴蝶結，我看到蝴蝶結裡面印著白點，似乎原本是白線。最上面的剪報空白處用藍色原子筆寫下的數字「1960.7.28」和E日報的字跡不屬於仁善，那字體書寫的用力程度大到讓紙張凹陷，所有的豎線都彎曲了。

糟糕。

仁善低聲呢喃自語，像是在嘆息一樣，因為即使是輕輕翻開，那張摺疊剪報的一角也為之碎裂。仁善把資料的正面轉向我，如果想閱讀，就得跪著，而且幾乎要把臉貼在紙上。蠟燭的照明不足，再加上紙張的顏色變暗，只有燭光停留在正上方時，才能看得清楚照片的內容。

我在趴下、低頭之前，問自己想看這個嗎？就像醫院大廳裡貼著的照片，不要看那麼清楚是不是會比較好呢？

＊＊＊

但是我用雙膝和左手撐著地面，右手舉著蠟燭的和眼睛一起移動，瀏覽了黑白新聞照片中，數百人聚集在廣場上的情況。他們大都穿著亮度較高的白色衣服，也有人舉著亮度相似的旗幟。他們凝視的方向懸掛著橫幅，我讀著上頭用毛筆寫的漢字——慶北地區被屠殺者聯合慰靈祭。在新聞標題慰靈祭的漢字下面，有人用剛才看到的筆跡寫著讀音。我讀到用同樣的力量在文章底下劃線的部分。

慶北地區保導聯盟[14]成員一萬餘人

大邱刑務所一千五百名囚犯

慶山鈷礦山及附近加倉谷

挖掘、處理被屠殺者的遺骸

我意識到，我的手和眼睛隨著直排文字移動的速度，與我發出聲音或嘴裡喃喃

14 「國民保導聯盟」成立於一九四九年，是南韓政府為了徹底管束左翼份子而成立的全國性官方機構。以糧食為誘因鼓勵民眾登記自己為共產黨員，好對其實施再教育，大約有三十萬人登記為成員。韓戰爆發後，這些人被關在集中營，成為軍隊逃跑時的累贅，後來南韓總統李承晚下令處決保導聯盟成員，在未經審判的情況下，估計有十萬到二十萬、甚至更多人遭到屠殺。

自語的速度相似。可能是因為這樣，我感覺有如同微弱聲音一樣的氣息，從印刷的文字中吐露出來。不知是誰在新聞內容下方劃線，使得紙張為之凹陷。我接著讀到在大引號內註明的遺屬會議聲明文件。

本著四・一九革命[15]精神，主導被屠殺者及被害者的真相調查會。希望被害遺屬克服昔日的恐懼心理，積極協助本會的調查工作。

＊＊＊

我無法理解，五十八年前E日報的報紙是誰剪下來並劃線的呢？是從媽媽衣櫃抽屜裡找到的。

仁善告訴抬起頭的我：

媽媽用在學校學到的字寫下來，把所有的字體都傾斜成四十五度。

＊＊＊

15　一九六〇年四月十九日，以學生和市民為中心發起的反獨裁民主主義運動，導致李承晚總統下臺。

當仁善伸出手來時，我這次沒有產生錯覺，她在跟我要蠟燭。

我看到她接過蠟燭站起來時的臉上表情，既不是疲憊、寬容，也不是想要放棄。這與數年前她邊把熱粥盛在碗裡邊說話的臉孔有些相似。聽說沒有失去胃口的人活得久，媽媽會很長壽的。

❄ ❄ ❄

那些材質相似的紙箱，只有大小和老舊的程度差別，仁善從中拿出用竹片編織得非常密實的薄箱子。她回到位子上，在打開箱子之前，我又接過蠟燭。在仁善拿出用黑紅色綢緞包住的扁平東西時，我用燭光照著它。

從小包裡拿出來的是褪色的信件，橫寫著的收信人是姜正心。郵票上畫著高舉太極旗、呼喊萬歲的男女，郵戳則是一九五〇年五月四日由大邱郵局蓋上的。仁善從信封裡拿出摺疊兩次的粗紙，並將它攤開。我接過那張在左側上端蓋有藍紫色檢閱圖章的紙，將蠟燭靠近信紙，讀著從右邊開始直寫的第一句話。

給我的妹妹正心

這人的字很小、字距過寬。不知道筆跡有著這種習慣的寄信人，擁有什麼樣的性格。

他寫道，我身體健康，別擔心。代我向正淑、外婆以及其他外婆家的長輩問好。雖然刑期還剩六年，但是也有很多濟州島人被判十五年、十七年的有期徒刑，我的運氣還算好。他還寫著，我很高興收到妳的來信，希望妳再回信。後面還用芝麻粒大小的字寫下補充內容，說是在之前收到的信中，談到了掛心的部分。讀了妳的信，我想了很多。我出獄的時候，妳會是二十一歲，正淑二十五歲，我二十八歲了吧。我當然很想妳們，但有什麼好哭的呢？以後的日子還長得很，我們一定能聚在一起，聊聊過去的事情，妳就這樣轉告正淑吧。

❄　❄　❄

因為無法回去被燒毀的韓地內，堂叔家給外婆家人準備了一個房間，媽媽和大姨也一起住在那裡。

仁善伸手接過信件後說道：

在狹窄的房間裡並排躺著的大人們睡著後，阿姨就悄悄地對媽媽說：哥哥一定還活著。他跑得飛快，應該沒被抓到。他在初中畢業之前就跟著父親帶便當去山上趕馬，比任何人都清楚可以藏身的地方。他不是曾經在空的便當盒裡裝上野果，給正玉和妳吃嗎？所以他不會餓死。

仁善按照之前的摺線把信重新摺好，繼續說道：

聽說外公和舅舅去趕馬的時候，小姨曾經因為他們帶的便當哭得很厲害。她一直纏著說想吃那便當，結果被外婆罵了一頓。那天晚上舅舅回來以後，把鋁製便當盒遞給媽媽。媽媽因為被叫去洗碗，還很不高興。她打開便當盒，發現底下鋪滿樹葉，上面放著像寶石一樣的各色野果。妳跟正玉一起分著吃吧。舅舅不好意思地笑著說道。

在仁善暫時沒開口的時候，我想起去年秋天在木工房，看到密封容器中的野生桑葚。喝了放進桑葚煮好的酸茶後，舌頭和門牙都被染成黑紫色。

美軍偵察機像暴風雪一樣撒下傳單，內容是如果自首絕對不會被處罰。阿姨悄悄地對媽媽說，哥哥在看完傳單後說不定會自首。因為他個子矮，看起來比真正的年紀小，下山時一定不會被射擊。而且他是兄弟姐妹中最會看臉色、臉皮最厚的，如果徹底裝傻，絕對不會被懷疑。

❄ ❄ ❄

六年前的冬天，陽光從開架閱覽室百葉窗縫隙中照射進來的情景，浮現在我眼前。那天我略過濟州島以村為單位口述的證言，挑了兩本書坐在走廊盡頭的簡易桌子前。那天下午，我讀到從一九四八年十一月中旬開始，三個月內，漢拏山的中麓被燒毀，三萬平民被殺害的過程。一九四九年春天，在沒有找到一百多名武裝隊藏匿地點的情況下，全面逮捕作戰告一段落，當時大約有兩萬名民間人士以家庭為單位躲藏在漢拏山，不分男女老少都認為，下山到海邊接受即決審判，比飢餓和寒冷更危險。三月份新上任的司令官發布了搜遍漢拏山、掃蕩共匪的計畫，為了有效執行作戰任務，先散發傳單，讓百姓下山。資料照片上，瘦削的男女將孩子和老人藏在身後，為了不被子彈擊中，他們手持綁著白色毛巾的樹枝魚貫下山。

❄ ❄ ❄

數千人遭到逮捕，官方違背了不會處罰的承諾，幸運獲釋的親戚找到媽媽的堂叔家，想告訴家人，很多人被關在酒精工廠後面的十幾棟地瓜倉庫裡，還有他們和舅舅在同一個倉庫待了兩個月。那天晚上媽媽和阿姨高興得睡不著覺，因為她們知道哥哥沒死。

姐妹倆按照親戚在紙條上寫的日期和時間，去了酒精工廠。如略圖上所標示的，兩人在倉庫後面的山坡角落等待。八名青年排隊背著飲用水桶上來，其中最後面的人就是舅舅。不知是不是因為長時間挨餓，舅舅的身體變得更矮小，頭髮亂蓬蓬的，總是調皮機靈的特有表情消失了，感覺很陌生。

媽媽和大姨從兩邊抱著舅舅，一位肩膀上纏著白色帶子、像是領隊的年輕男子，對著毫無反應地呆呆站著的舅舅說，我會睜一隻眼閉一隻眼，你們只能交談到我們打水回來。這段期間可能還不到十分鐘，那時媽媽說了讓她後悔很久的話。

哥哥的頭髮怎麼那樣？太奇怪了。

初中一畢業就把頭髮留長的舅舅，每天早上都會在鏡子前用梳子分邊，塗上髮油。媽媽曾問他今天要去見誰，舅舅就會在媽媽的短髮上抹點油，用敬語逗她說，您要去見誰，怎麼梳頭髮了呢？舅舅偶爾跟媽媽說，要考邑內臨時小學教員培訓所的教師資格證——就妳一個人知道就行了，如果考上了，我會告訴爸爸媽媽的。媽媽寫作業的時候問漢字筆劃順序的時候，舅舅會告訴她查找漢字字典《玉篇》的方法。以後妳也去考小學教員培訓怎麼樣？邑內也有幾個女老師，想當老師的話還得上中學。

但是舅舅那天完全變成另一個人，看起來對一切似乎都漠不關心。用沒有感情的聲音詢問父母和老么的生死，他只是看著阿姨如實回答的眼睛，就如同穿透那雙眼睛的話，就能看到在阿姨臉孔後方出現的東西一樣。他把阿姨帶來的飯糰塞進嘴裡咀嚼著，看到遠處出現一行人的身影，頭也不回地跑過去接住自己的水桶。

隔週同一日即將到來之前，外曾祖母變賣了戒指，買了大米和做菜的食材。失去獨生女後，她一直沒有好好吃飯，也沒有起身活動，但她竟然親自為外孫做飯。她用一個鋁製便當盒裝上滿滿的米飯，在另外兩個便當裡放進給三兄妹吃的三顆水煮蛋、一條烤魚、甘薯和洋蔥，還有炒好的豬肉。

舅舅的樣子和之前不同，看起來不像是在發呆。正淑啊，正心啊，他叫著妹妹的名字，指著剛剛沾上水整理過的頭髮對媽媽說：

現在哥哥的頭髮不奇怪了吧？

媽媽說聽到那句話心情變得很好。那天三個人坐在岩石上，把便當吃掉了大半，大家一起笑了，分開之前還握了彼此的手。

等到下一週，姐妹倆又去了同一個地方，但是沒有任何人出現。因為兩人等了將近一個小時，附近住家的大嬸從牆裡對阿姨大喊，昨晚倉庫裡的人都被船運走了。

阿姨對媽媽說，不要一味相信別人的話就這樣離開，要不然可能會錯過，要媽媽一起等到天黑。期間媽媽偶爾會打瞌睡，某隻有人養的狗聞到食物味道走過來，媽媽還摸牠的頭、撓脖子，阿姨卻連看都不看一眼，只盯著街角。

❄ ❄ ❄

我把眼睛閉了起來。

因為陽光從西向窗戶的百葉窗縫中漸漸滲入，最終到達我臉部後，逐漸變得炫目。在剛才讀到的數字下，那光芒彷彿要把流淌的鮮血瞬間揮發一樣。因為陽光過於刺眼，我想移動位子，在那之前讀到的註腳，雖然是關於發生在深夜事件的證言，但記憶中卻像在發光一樣。

我們夜晚乘船出發，將近十二個小時以後到達木浦港，但直到夜幕再度降臨為止，都沒有讓我們下船。我一整天都無法吃喝任何東西，在精疲力竭的狀態下下了船。記得當時下著毛毛雨，浮橋很滑。一千多人擠滿了碼頭，現場數百名荷槍的警察要我們排隊。女人和男人分別集合，十八歲以下的人則是另外區分開來，光是分組就花了很長時間。雖然是夏天，但因為整夜一直淋雨，到處都是咳嗽的人、搖晃的人、癱坐的人。大家開始坐上好幾輛護送車，年輕女人在隊伍後面哭喊著不要、不要。在船上斷氣的嬰兒不知道是餓死的，還是得了什麼病，警察下令把嬰兒放在濕漉漉的碼頭上。女人說自己不能這樣做，拚命掙扎，兩個警察把襁褓搶走以後放在地上，將女人拖到前面，推上護送車。

真奇怪，比起遭受那些難以言喻的拷問……比起被冤枉地判刑，我偶爾會想起那個女人的聲音，以及當時排隊走過的一千多人，全都回頭看了那個襁褓的情景。

我睜開眼睛，看著仁善的臉。

❄ ❄ ❄

向著重力勝過海水浮力的臨界點下方。

向著水面上折射的光線無法觸及的地方，下降著。

❄ ❄ ❄

這封信原本放在戒指盒裡。

仁善用黑紅色綢緞包裹著信說道：

信件被隱密地縫在蓋子內側，如果不是媽媽讓我拿出來的話，我永遠都不會知道。

我這才明白那個綢緞看起來有些眼熟的緣故。

那是和包著戒指盒鐵製蓋子的綢緞一樣的布，我想是不是作為保護色隱藏起來。

是不是每次讀信的時候，都會剪開線頭，讀完以後再重新縫合？

舅舅第一次寄信到堂叔家是在一九五〇年三月。

仁善說道：

收到那封信以後，媽媽回信了，舅舅五月份再寄來的信就是這封。第一次寄來的信被阿姨拿走了，只有這封是寄給媽媽的。

對於仁善住在首爾的阿姨，我隱約知道一些情況。仁善曾說過她的身高比母親高、聲音宏亮、五官秀麗。據仁善說，一到暑假，她就會帶著孫女來濟州島，住得長的話會一起度過一個多月。仁善說，比起第一個孫女，她更疼愛年幼的外甥女，所以一到冬天就會寄來自己打的圍巾或手套，仁善上中學的時候，她因為罹病，很早就離開了人世。

收到第一封信後，阿姨就經由媒人介紹結婚了。

仁善皺起眉毛，眉間露出了熟悉的皺紋。

媽媽說，在那種情況下怎麼能結婚？雖然覺得無法理解，但因為當時「西青」無法無天的行為超乎想像，強姦、綁架和殺人的事件頻繁發生，所以當時的氣氛是只要有適合的對象，就會趕緊讓女孩結婚。讓正淑不要哭的附注，是媽媽告訴舅舅說，結婚的前一天姐姐擔心哥哥一整夜的事情後，舅舅所做的回覆。

＊＊＊

仁善將裝有信件的小包放在膝蓋前，並將手掌放在上面，像是裡面有什麼東西會自己打開綢緞跑出來一樣，動作非常慎重。

隔一個月戰爭爆發，就再也沒有收到信了。

仁善低聲說：

但是媽媽並不擔心。她說大邱刑務所位於洛東江戰線南方，所以外婆家的大人們都要她別擔心。

仁善放下小包，抱住膝蓋。

姨父像大部分的濟州男人一樣，也加入海軍參戰，仁善繼續說道：

他直到三年後才平安歸來，在這三年當中，媽媽和阿姨一日都不曾安心。漢拏山也是在那個時候解除了禁足令，外婆家的長輩結束漫長的寄居生活，從堂叔家搬出來、重新蓋房子的時候，媽媽也一起堆石頭、搬木頭。但是如此努力蓋好的房子，他們也還是住不滿一年。有親戚在停戰後沒有回到濟州島，而是在首爾安頓下來，出售美軍補給品，還向外舅公提議合夥。想要離開濟州島的姨父也決定和阿姨一起去，媽媽則選擇留在這個家裡奉養外曾祖母。

＊＊＊

在分別之前，姐妹倆一起去了大邱刑務所，那是在一九五四年的五月。

仁善靜謐的聲音在寂靜中迴盪。

媽媽十九歲，阿姨二十三歲那年。

＊＊＊

舅舅不在那裡。

刑務所只留下舅舅在四年前的七月被送往晉州的記錄。因為沒有直達車，所以姐妹倆去了釜山，在火車站前的旅館住了一夜，天一亮就去了晉州，然後坐上去刑務所的公車。

舅舅不在那裡，也沒有移監紀錄。在晉州多住了一夜之後，兩人去了麗水

港。阿姨固執地說送走媽媽之後，自己要去首爾。在候船室等待去濟州島的船到來的時候，阿姨對媽媽說，放棄吧，哥哥死了，我們把他被移監到晉州的日期定為他的忌日吧。

❄ ❄ ❄

仁善把手伸進放著一堆破爛紙張的箱子裡，好像不需要看，只要摸索就能分辨出裡面的東西一樣，她很快拿出用釘書機釘住的紙捆遞給我。

那是一疊光滑的Ａ４紙張，彷彿加入越過時間的螢光塗層一樣。這是帶有編號的手寫名冊複本，直寫著數百人的名字上方，蓋有一九四九年七月的日期印章。相反的是，下面備註欄上的日期，則分別為一九五〇年七月九日、二十七日、二十八日。第三頁上端寫著一個人的名字，在那旁邊用鉛筆畫著直線。

姜正勳

我看到名字下面的備註欄上並排蓋著數字「1950.7.9」和「移送到晉州」的印章。

奇怪的是，那一頁所有備註欄上印著移送到晉州的印章下面，都有手寫的字。雖然乍看之下看不懂，但反覆閱讀三十多行之後，綜合從印章之間出現的筆畫可以明白寫的是什麼。移交給軍警。

這個是從哪裡找到的？

我抬起頭詢問，仁善回答：

不是我找到的。

原本想問那是誰找到的，但我卻只能閉上嘴巴。拿到這種文件複本的過程很不容易，我腦中掠過布滿皺紋的瘦削雙手從被窩裡伸出來，抓住我雙手的那一瞬間。跟仁善一起好好玩吧。仁善的母親用夾雜著懷疑、慎重和無微不至的溫暖眼神看著我。

❄ ❄ ❄

當年在慶北地區死亡的保導聯盟成員大概有一萬人。

仁善說道：

妳也知道吧？全國至少有十萬人喪生。

點頭的同時，我問道，被殺死的人是不是比這個數字更多？

一九四八年政府成立後，許多被歸類為左翼人士、成為教育對象的人，加入了該組織，那段歷史我也有所瞭解。家中只要有一人去聽過政治性演講，就有理由被歸於成員。有些人是因為里長和統長[16]為了補足政府規定的人員數量，被隨意寫上名單的，也有不少人是聽說可以得到稻米和化肥，而自願加入的。以家庭為單位，包括女性、孩子和老人都加入的家庭也很多。一九五〇年夏天戰爭爆發後，官方按照名單羈押、槍殺了那些人。據估計，全韓國被祕密埋葬的人數約有二十到三十萬人。

❄ ❄ ❄

那年夏天在大邱被羈押的保導聯盟成員，收容在大邱刑務所。

仁善拿著一捆用習字紙包著的照片說道：

因為沒有空間容納每天數百名用卡車送來的人，所以先從羈押人犯開始槍決。當時死去的左翼囚犯有一千五百多人，其中包括一百四十多名濟州人。

仁善解開棉線，把習字紙拿掉後，呈現出照片。這是品質相當低劣的黑白照片，

16　韓國行政區域單位「統」的實際工作負責人。統長的概念類似於臺灣的鄰長。

前景是散落在地上的骨骸。

那是在慶山的鈷礦山，一九四二年廢礦了，當時是空著的。

雖然焦距沒對準，但前景的骸骨仍能認出眼睛和鼻子形狀，其身後有三名身穿高亮度短袖襯衫的中年男子，打開手電筒蹲在地上。從勉強從地面往上拍攝的角度來看，頭頂上方的高度似乎非常低矮。

大約有三千五百人在這裡遭到槍殺，包括被羈押在大邱刑務所的人、大邱保導聯盟成員、慶山警察署附近倉庫收容的慶北地區成員等。

仁善向我伸出手，接過名冊複本。

軍用卡車連續幾天都開進礦山，有居民證實說從凌晨到晚上都聽到槍聲。坑道裡塞滿了屍體以後，將槍殺、埋葬的場所轉移到附近的山谷中。

仁善的食指放在「姜正勳」這個名字旁邊畫的鉛筆線上，接著說道：

這裡蓋的印章日期是七月九日，所以舅舅應該不是在山谷，而是在礦山被槍殺的。二十八日被蓋上印章的人死於山谷的機率很高，二十七日被抬走的遺骸，是在兩處中的哪個地方被槍殺的，則不得而知。

我看到仁善手指移開的鉛筆線，雖然不像藍色原子筆劃得那麼深，但也是用力劃出的線條。一接觸到指尖，就能感受到紙上的細線。畫這條線的人也知道嗎？我心想。移送日期和槍殺地點之間的關係，是不是如同剛才仁善所做的推測？

❄ ❄ ❄

一九六〇年的夏天，死者的家屬第一次聚在這裡，是在戰爭當時的領導階層李承晚因四・一九事件下台之後。

仁善小心翼翼地翻過邊角破碎的報紙，然後拿出折成一半的剪報。當她用雙手展開時，從下方刊登廣告之處剪下的整個社會版面進入眼簾。這與刊登慰靈祭報導的地方相同，日期比慰靈祭早一個月左右。

那是關於十年來遺屬首次進入坑道的報導。當時拍的照片就是這張，因為任何一家報社都不願意刊登，所以大家約好留待來日，然後把照片分給遺屬。

正如仁善所說，報導中沒有刊登坑道的照片。礦山入口的全景被放在頭條新聞旁邊，照片左側刊登了採訪遺屬會代表的內容。

在這十年間，水在坑道裡流過，骨頭都爛了，四處分散，可以說沒有一具形體完整的遺骸。我們沒有可以收拾遺骸的裝備和人力，只是盲目地走下去看，拍了一張照片後就上來了。遺屬會自行推測的數字超過三千人，我看到的第一水平坑道大概有五、六百具遺骸。垂直坑道的入口用水泥堵住，要穿透坑道入口，調查下面的水平坑道，才能知道當時的情況。

我感覺到在操著慶北方言口音的沉穩話語下面，事實上正在漏出什麼東西。經由燭光黏稠地流出來，像紅豆粥一樣凝結的、血腥的東西。

這些報紙是怎麼弄到的？

我抬起頭問道。

慶北發行的報紙不可能送到濟州島吧？

當仁善淡然地回答是親自去買的時候，我才豁然明白，應該想起的人不是那位從被窩裡向我伸出充滿皺紋的手臂的老人，而是在黑白照片中看著鏡頭，矮小的身體充滿盎然生氣的女人。

她好像去參加了在大邱火車站舉行的慰靈祭，拿到了那天的印刷品。

我正翻開關於火車站前慰靈祭的報導，把蠟燭移過去再次觀看照片。群眾中約有三分之二左右是女人，數百名女性穿著束著腰部的長孝服或長度到膝蓋的白色連衣裙，站在橫幅前面。

＊＊＊

是這樣的衣服嗎？我看著五官模糊不清的女人側面想道。她也曾經穿過類似這樣的圓領短袖連衣裙嗎？當我想站起來拿出箱子裡的相框確認時，仁善的手從虛空中伸過來。我讀著她遞過來的文件袋上用深藍色的筆寫下的收件人名字。

姜正心　敬啟

寄件人處與大邱地址一起蓋上長方形藍色郵戳，我將蠟燭照在上面，默默讀著。慶尚北道地區被屠殺者遺屬會。

我把手伸進冰冷的信封裡，拿出一本把十幾張八開的粗紙折成兩半裝訂的小冊子。我翻開沒有另外寫字的厚紙封面，第一頁就刊登了信的內容。

遺屬抱著徹骨怨恨，讓思念了十年的先人安眠的日子，馬上就要到來。

這封信內容極長而且慷慨激昂，猜測與寫下「被害遺屬克服昔日的恐懼心理……」句子的人，應該是同一個。我沒有讀完就翻到下一頁，看到品質低劣的黑白團體照。

這是一九六〇年冬天在鈷礦山前拍的照片，那時媽媽好像沒去，但因為是遺屬會員，繳納了會費，所以收到了這封郵件。

仁善用食指指著照片中戴著眼鏡的男人說道：

這個人就是遺屬會會長，第二年五月軍事政變後被逮捕，後來被判處死刑，旁邊的總務被判十五年徒刑。

翻過下一頁，遺屬們分持的坑道照片被翻拍得畫質更加低劣，下方並附有說明文字。如果我不是先前看過的話，幾乎看不出其形狀。照片只留下黑色與白色，其餘色調和細部內容都已消失。該頁的夾頁中有一張《中央晚報》社會版的剪報短文。

＊＊＊

這張報紙整體都沾有手垢，十字形摺線被磨得花白。在「判處死刑」一詞中，我讀到在最複雜的文字下面寫上讀音的藍色原子筆字跡，旁邊的空白處寫著有大邱代碼的電話號碼。

這個號碼……

和這個一樣。

仁善伸手翻開小冊子，指著最後一頁的下端，上面印有支付會費和捐款的農協帳號、戶名和有大邱代碼的電話號碼。

＊＊＊

我用左手包住的紙杯裡透出一股微弱但明顯的熱氣。圍繞著蠟燭的白色塗層紙，像曲面鏡一樣反射光線，如果從上面看，像是亮著燈的圓形房間。我看著那明亮的房間想道：

一九六一年夏天，當時這個家裡應該沒有電話。為了打電話，可能得到市內去。

仁善母親行走的路徑，與我昨晚推開積雪進入的路徑方向相反，兩者在紙杯內側發光的曲面上重疊。她在我昨晚滑倒的旱川岔路口轉彎，走到出現車站的大路，走在茂密的夏日樹林之間。

摺疊了兩次的報紙是否放在口袋裡？我想著。或者是放在包裡或握在濕黏的手掌中？為什麼會想打電話給實際業務負責人已經被羈押的遺屬會辦公室呢？真的打過電話嗎？如果打了，誰會接她的電話呢？

＊＊＊

外曾祖母是在一九六〇年二月去世的，仁善說道：

那時媽媽二十五歲，在當時已經過了適婚年齡，大家都很擔心，但是媽媽不想結婚。外婆家的親戚跟媽媽說，在出嫁之前都不用擔心，可以一直住在那裡，但是她用過去存下的錢買了這個房子，一直獨自種田，然後從夏天開始尋找遺骸。

仁善的話暫時中斷。

一直到她讀到這篇報導為止，中間大約過了一年。

＊＊＊

我們在寂靜中互相看著對方。

下沉得更深。

它通過高壓如轟鳴巨響般所壓迫著的區域，那是一片毫無發光生命體的黑暗。

從那以後，媽媽就再也沒有收集資料了，就這樣過了三十四年。

我在嘴裡重複仁善的話，就這樣過了三十四年。

……直到軍方下台，文人成為總統[17]為止。

17 指金泳三政府，金泳三在一九九二年十二月十八日第十四屆總統選舉中當選，之前的總統朴正熙、全斗煥、盧泰愚三人皆為軍人出身，前兩者經由軍事政變掌握政權，盧泰愚則是民選總統。自金泳三政府起，韓國才真正進入文人執政的民主國家行列。

6 海水下面

我不自覺地把手放在那張十字線磨得斑白的報紙上，是因為想觸摸那個寫下電話號碼的人的指紋。當我伸出手拿起那捆破爛的紙張時，仁善並沒有制止。翻過一九六一年小幅報導軍事審判的褪色剪報，就看到了跨越三十四年時間的剪報。這是一篇橫排印刷的新聞報導，頭條上只留有一兩個漢字單詞。[18]

從這裡開始，我也記得以後的事情了，仁善說道：

不知是哪一年的夏天，我回來這裡一看，發現寄來了《中央日報》和《慶北日報》。《中央日報》寄到家裡得花兩天，地方報紙得花三天。我雖然很驚訝，但沒有問媽媽，心想應該是周圍有人勸她訂閱或免費寄送。

我把燭光映照在一九九五年報紙的頭條新聞上，那是關於慶山的市民團體在鈷

18　一九九〇年代以前的韓國報紙皆採直式排版，且使用較多漢字，但在九〇年代之後，為呼應當時實施的「國語醇化政策」，大幅減少使用漢字，且為了方便閱讀，所有報紙逐漸採取橫排印刷。

礦山前首次舉行安魂祭的報導。

下一個剪報是一九九八年的報導。來自慶北全境的遺屬在礦山前舉行了聯合慰靈祭。接著一九九九年的剪報大部分都是社論。內容說的是儘管如此也要挖掘礦山的遺骸，遺屬已經年邁，應該抓緊時間。所有剪報的上端空白處都用黑色油性筆和鉛筆寫著年份和日期。雖然筆跡與一九六〇年用藍色原子筆寫的字相同，但沒那麼用力了，字體變大近兩倍。

接著二〇〇〇年的第一個剪報是報紙的頭版，刊登了聚集在礦山入口的老人的彩色照片。那是時隔四十年之後再次成立鈷礦山遺屬會的報導，從那時起剪報的數量急劇增加。過了二〇〇一年，看到公營電視台和慶山的市民團體、遺屬會代表組成勘察隊，即將進入第二水平坑道的報導，並且還刊登了當時的照片，以及電視播出前先公開的紀錄片節目劇照。

翻過每一張報紙時，骨頭的形象就會出現在燭火的光芒中。從側面拍攝的頭蓋骨、兩個空蕩蕩的眼窩和凹陷的鼻子朝向正面的臉、大腿骨和小腿骨等。還有從泥土之間露出的肩胛骨、脊椎和骨盆，鬆散地連接在一起，形成人形的遺骸。

我將蠟燭斜照在用鉛筆畫著底線的參觀報導上。記者寫道，在與地面相連的垂直坑道入口處，勘察隊引爆了炸藥，入口密封五十年的水泥牆裂開後，大量遺骸湧出來，甚至占滿所有下去坑道的空間。那個入口就是處決場所，記者寫道，根據推測，站立在那裡的人中槍後墜入坑道。屍體填滿了下面的第二水平坑道後，掉落在上面的屍體可能湧上第一水平坑道並四處分散。根據推測，當屍體填滿與地面相連的垂直坑道入口時，軍人就離開了。

＊　＊　＊

我放下一大捆剪報。

因為我不想再看到骨頭，再也不希望自己的指紋和收集這些東西的人的指紋重疊。

＊　＊　＊

那只是第一次的勘察而已。

仁善用雙手撐著地板站起來，說道：

正式收拾遺骸的時間是在六年之後。

她停住摸索漆黑書架下層的動作。

三年期間收拾了四百具，到二〇〇九年停工，現在仍然有三千具以上的遺骸留在坑道裡。

仁善拿出看起來有上千頁的大開本書籍，說道：

那三年，不僅是在濟州島，也是全國在各屠殺遺址挖掘遺骸的時期。

仁善把那本書放在地上，慢慢地推到我這邊來，我瞥見那本書的封面，是全國遺骸挖掘工作初步完成後發行的資料集。

……我看到跑道下骨頭的照片也是在那時候。

❄ ❄ ❄

我不想翻開資料集，也沒有任何好奇的感覺。沒有人能夠強迫我翻閱那些資料，我也沒有服從的義務。

但是我伸出顫抖的手打開封面，並翻閱了照片，照片上巨大的塑膠籃子裡，按照部位分類的骨頭堆積如山。上千根脛骨、數千個骷髏、數萬個肋骨堆。數百個木頭印章、皮帶扣環、印有「中」字的校服鈕扣、長度和粗細不同的銀簪、彈珠裡好像有翅膀的照片，散布在四百多頁的資料內。

＊　＊　＊

媽媽還是失敗了。

仁善的聲音似乎從遠處傳來，越來越低沉。

沒找到骨頭，一塊也沒找到。

還要再往下走多深？我想。這寂靜是我夢中的海水下方嗎？

那湧到膝蓋的海水下面。

被沖毀的原野墳墓下面。

＊　＊　＊

即便穿上兩件毛衣和兩件大衣，還是讓我感受到無法阻擋的寒冷，寒氣似乎不是從外面，而是從心臟內部開始的。當身體顫抖、火苗和我的手一起搖晃，陰影擾動整個房間的瞬間，我便知道了，仁善被問及是否要將這個故事拍成電影時，立即否認的理由。

因為被血浸濕的衣服和筋肉一起腐爛的氣味，數十年來腐爛骨頭上的磷光，都將被抹去。噩夢會從手指縫裡漏出來，超過極限的暴力將被除去。就像四年前我寫的書中，沒有提到軍人向站在大道上的非武裝市民發射的火焰噴射器，就如同臉上布滿水泡、身上潑滿白色油漆，被送往急診室的人群一樣。

❄ ❄ ❄

我支起身體。

經由我手中蠟燭的照射，仁善的身影垂映在書架旁的白色牆壁上。一靠近牆壁，她的影子就消失了。我的另一隻手撫過褪色的壁紙，停留在仁善臉孔原本所在的位置。那堵陰涼牆壁的堅硬，彷彿讓我得知了這個奇怪夜晚的祕密。彷彿有問題只能詢問消失的影子，而不能問在我背後安靜的仁善一樣。

❄ ❄ ❄

我曾經以為世界上最懦弱的人就是媽媽。

仁善的分岔聲音劃破寂靜傳來。

懦弱的人。

我曾經以為她雖然活著，但已經是個幽靈。

我從剛才翻開的書起身，向漆黑的窗戶走去，雙手握著蠟燭背對窗戶，面對仁善站立。

我不知道那三年間，大邱失蹤囚犯的濟州遺屬會定期去那個礦山訪問。

我也不知道媽媽是他們的成員之一。

那是媽媽從七十二歲到七十四歲的時候，也是膝蓋關節炎惡化的時期。

每當我移動腳步，燭光的陰影就會讓房間的一切晃動。

我回到仁善面前坐下後，這種晃動之所以沒有停止，是因為我的呼吸還在寒氣中顫抖。

❄ ❄ ❄

前年春天，我找到遺屬會長的連絡方式，在濟州市內見了面。他出生在戰爭爆發的年代，是個遺腹子，也是個仍舊沒有放棄尋找父親遺骸的退休教師。

那個人說沒有及時聽到母親的訃聞，所以沒能前來弔唁，非常抱歉。他說遺屬會中最積極的成員就是媽媽，一九六〇年當時，濟州島都還沒有人想過要直接去慶山時，她已經去過那裡，母親還提意見說，可以向大邱刑務所申請移送晉州者的名單複本。據他說，他們租了小貨車一起前往拜訪，經過抗議後才拿到名冊，母親一一查出了會員們尋找的家屬姓名，並推測出埋葬遺骸的地點。每次在市內聚會時，媽媽說因為家很遠，總是最先起身離開，但每次離開前都會用雙手握住會員們的手。

那個人對媽媽的最後記憶，是大家聽到收拾遺體、遺骨的工作並未完成即告終止的消息後，一起進入坑道那天的事情。他說，慶山遺屬會總務拿著手電筒帶領著一行人，因為坑道頂部低矮，地上還流淌著兩條水流，大家都戴著頭盔、穿著長及膝蓋的雨鞋。當大家彎腰通過仍然原封不動地放置從泥土中露出的骨頭和腐爛衣角的區間時，因為都是上了年紀的人，為了不摔倒而緊緊抓住彼此。當時媽媽用沒有拄著枴杖的手抓住他的袖子，靜靜地笑了笑。

對不起，麻煩你了。

那個人扶著媽媽離開坑道後，媽媽向他道謝。在臨別之前，慶山遺屬會總務說道：

當時有傳聞說曾經留下三名倖存者，我認為應該是一人，不是說有一個人敲了附近三家民宅的門嗎？

總務口中說出有關倖存者傳聞的瞬間，大家都為之沉默。

據說當時天空沒有一絲雲彩，半圓形月亮升起，是個明亮的夜晚。一身衣服血跡斑斑的青年，乞求給他一套衣服換穿，還說絕對不會跟任何人說是從哪一家拿到衣服的。當時那年代大家都擔心後患無窮，所以前兩家拒絕了，但另一家卻給了他衣服。那個青年一拿到就馬上在院子裡換上，隨即飛奔離開。

那個人說，聽到這個事情讓他很揪心，為了不漏掉任何一句話，豎起耳朵仔細聆聽。後來那個人打起精神往旁邊一看，媽媽正縮著身體嘔吐著，一直到吐出胃液為止。

❄ ❄ ❄

不能完全排除那個青年是舅舅的可能性。

仁善低聲說道：

就像現在坑道裡三千具遺骸中的任何東西，都有可能是舅舅的。

她點了點頭，似乎在尋求同意。

當然，我可以推測如果那個人是舅舅的話，以後無論如何都會回到島上……但是能確信嗎？在那樣的地獄裡生存下來後，還能期待他成為有自由意志的人嗎？

❄ ❄ ❄

也許從那時起，媽媽的內在就開始出現分裂了。

從那天晚上開始，她的哥哥同時以那兩個狀態存在。

坑道裡堆積的數千具遺骸之一。

同時，敲著開燈的房門的青年。承諾不會告訴任何人在這裡拿到衣服的人。

趕快把這衣服燒掉吧。將滿是鮮血的囚衣留在院子裡，消失在黑暗中的人。

❄　❄　❄

我沒有被說服。

我只是好奇他是如何活下來的。

是在槍決前昏迷，掉進坑道躲過子彈？是軍人離開後，在屍體中睜開了眼睛？

還是朝著透出月光的第一水平坑道入口爬去？

❄　❄　❄

我問仁善他是怎麼回來的，因為從坑道爬出來的那人眼睛，和仁善的眼睛為之重疊。仁善的眼睛長得跟擁有白瓷臉孔的男人很像，像是飽含水氣一樣發出光彩，她睜著那雙眼睛反問我：

妳是在說誰？

我猶豫著，但終究不顧這個提問可能會傷害仁善，於是說道：

……妳爸爸。

她沒有受到傷害。

比我想像中還要堅強。

仁善毫不猶豫，不再壓低聲音地回答道：

就是因為這個原因，所以媽媽才去找爸爸的，為了問他是怎麼活著回來的。

❄ ❄ ❄

兩個人第一次見面是在夏天。

媽媽一年前就聽說過，有個關押在大邱刑務所的人，服完十五年刑期之後被釋放的消息。雖然遠遠看過寄居在下村親戚家中的父親，但她說過了一段時間，才下定決心去找他。

爸爸在靜靜的排斥中堅持著。

他雖然罹患因為拷問得到的手顫症，但還沒到無法幫助寄居的家裡種橘子的程度。在監獄裡度過的最後幾年，他學會了砌磚技術，無償地幫著做村裡的活，慢慢獲得了認可。但在軍事政權下，沒有人願意與一個月被警察做兩次行蹤調查的前科犯維持密切關係。

那個夏日傍晚，在路口等候著的媽媽叫他的時候，父親之所以回頭看，是因為覺得不會有人那麼輕柔地叫自己。媽媽說直到聽到舅舅的名字，爸爸的眼神才有所動搖。他認出了媽媽是經常來外婆家的韓地內兄妹當中的一人。

但是爸爸不想和媽媽說話。深秋時媽媽再去找他的時候，他也鄭重地拒絕。一直到隔年的早春，媽媽再去找他的時候，他才開口：我害怕別人的眼光，在市內見面吧。

那個星期天下午，在煙霧瀰漫的茶館面對面坐著的時候，媽媽三十歲，爸爸三十六歲。

那天媽媽最先知道的，是父親在一九五〇年春天被移監到釜山。大邱高等法院不僅負責慶尚道，還負責全羅道和濟州島的上訴審理，因此收到上訴判決後，被關押在大邱刑務所的人越來越多，空間變得不足。父親說，那年春天把刑期長的人大規模移監，純粹是出於實際需求。在濟州人當中，他不幸屬於刑期較高的一群，這反而讓自己活了下來。

但是父親說釜山也不安全。釜山保導聯盟的成員從七月份開始蜂擁而至，在刑務所內院建設臨時建築時，動員了羈押的囚犯。每到休息的時間，父親曾經從院子裡的帳篷前走過，看到餓得瘦骨嶙峋、只穿著褲子的孩子，紮辮子或挽髮髻的女人，三伏天也不脫帽的老人，擠在一起擦汗。

從九月份開始，他們被卡車載走，刑務所裡開始流傳著令人心驚的傳聞，說是從羈押犯人中挑選出政治犯處死。

父親說，正如傳聞所說，二百五十名濟州人中，有九十多人被叫出去，剩下的濟州人焦急地等待的時候，突然不再叫他們出去了。後來才知道，聯軍從仁川登陸之後，戰局發生了逆轉。

＊＊＊

不知道那雙可能會因為顫抖而把杯子打翻的手，是不是藏在口袋裡？我想著，不，是不是沒有藏起來，而是安靜地放在桌上？

＊＊＊

爸爸告訴媽媽她真正想知道的事情，是在下一次見面的時候。

從舅舅被關在大邱刑務所的夏天，到父親被移監到釜山的春天，約八個月的服刑期間，兩人是否曾在那裡見過面？如果是的話，父親還記得什麼？

父親說那個夏天新進來三百名濟州島人，是一件值得高興的事情，因為最重要的是有機會聽到家人的消息。當時父親知道了被抓到P邑國民學校的細川人，在沙灘上遭到槍殺的事實，那個傳來消息的人說了舅舅的事，說他和外婆家在細川里的青年一起坐船過來，被安排在旁邊的刑務所。爸爸說只聽到名字就知道是誰了，雖然沒有一起上過學，但記得小時候他和妹妹們一起跨過小溪來玩耍過。不知道是不是因為他們兩人的家裡女兒很多，覺得彼此的個性很吻合。爸爸說他們用石頭將院子裡的鳳仙花碾碎，敷在妹妹們的指甲上，自己的指甲也被染上顏色。

但那就是全部了。

爸爸對坐在他面前的人，再也沒有什麼可說的了。

我曾問過媽媽幾次，父親住進這個房子，是在他們第一次見面的五年之後，那期間兩人是怎麼過的呢？多久見一次面？什麼時候變親近的？媽媽從來沒有回答清楚，只是說了些不著邊際的話。比如說爸爸給媽媽講的關於在酒精工廠受到的拷打。穿著沒有軍階的軍服、操著北韓話的男人，是如何對待父親的。每次脫下衣服、倒掛在椅子上時，他都說了些什麼。

你們這些該死的共產黨，我要把你們全部弄死，消滅你們這些該死的赤色份子。

那人不停地往父親被毛巾覆蓋的臉上灌水，他用野戰電話線把父親濕漉漉的胸口綁起來，然後連接電源。每當那個人低聲要父親說出和那些山上的人勾結的朋友名字時，父親都會回答，我不知道，我沒有罪，我是無罪的。

每當說完那件事情，媽媽總會不由自主地自責。

那時候我為什麼要說哥哥的頭髮很奇怪？為什麼那時只能說那樣的話？

我記得，媽媽那樣自責的時候，就會放開我的手。用力得讓我發痛的握力，像泡沫一樣瞬間破滅。就像有人切斷保險絲一樣，就像忘記了正在聽她說話的我是誰一樣，就像是一秒鐘也不願讓人的身體碰觸到她一樣。

第三部　火花

能感覺到嗎？

仁善沒有發出聲音，只是蠕動著嘴唇問道。

什麼？我反問。

現在。是不是變得溫暖了？有一點吧？

是嗎？我問自己。寒氣是不是不再讓我的呼吸顫抖？像是蒸餾的氣體一樣的東西是不是在蔓延、晃動？在漆黑的麥田裡剛睜開眼睛的孩子。現在哥哥的頭髮不奇怪了吧？從下襬鬆緊設計的外套裡，頂著捲曲的頭髮，像草一樣冒出來的孩子。

我沒有回答，而是伸手放在骨頭的照片上。

放在沒有眼睛和舌頭的人上面。

器官和肌肉腐爛消失的人們。

不再是人的東西。

不，放在還是人的東西上面。

現在到了嗎？在令人窒息的寂靜中，我想著。

嘴張得更開的海淵邊緣，

是什麼都不發光的海底嗎？

＊＊＊

仁善向我伸出了手，意思是要我把蠟燭遞給她。

仁善拿著蠟燭走在前方，她打開推拉門，延伸到頭頂天花板的影子，像翅膀一樣振動，我也扶著地板站了起來。經過打開門的內屋，看到衣櫃前凝結著像水銀一樣的東西，隱隱發光。好像有什麼被墨水浸泡的黑色東西蜷縮在上面，所以我停下腳步。但是如果沒有燈光，什麼都看不清楚。

仁善踮起腳後跟橫越客廳，走到一半時，回頭看我。

有東西給妳看。

她把食指放在嘴唇上，低聲說道。

什麼？

我們種樹的土地。

她點了點頭，好像是在替我同意。

離這裡不遠。

現在？

馬上就能回來。

太暗了，我說：

蠟燭沒剩多少了。

應該沒關係，仁善說道：

燒完之前回來就行了。

我猶豫著應該怎麼回答，我不想去那裡。

但也不想再停留在這個寂靜中。

我感受到緊繃的沉默，像被安裝在繡花架上的布一樣，聽著自己像針一樣穿透沉默的呼吸聲，我走近仁善。她把蠟燭遞給我，我接過蠟燭映照她的身體，她蹲下穿工作鞋。我把蠟燭遞還給站起來的她，就像一對默契十足的姐妹一樣，當我穿運動鞋時，她拿蠟燭照著我。

＊　＊　＊

在走出玄關之前，我摸索著鞋櫃的架子，拿出火柴盒搖了搖，傳來三、四根火柴棒彼此撞擊的聲音。我把火柴盒放進大衣口袋裡，走出院子。在黑暗中看到的只有仁善手中燭光的半徑，掉落的雪花也只有在通過光暈的時候閃爍一下消失。

慶荷呀。

仁善叫我。

妳只要踩著我的腳印往前走。

仁善朝我的方向伸出手臂，黑暗中的燭光逐漸靠近我。

能看到腳印嗎？

看得見，我回答，然後把腳踏進仁善踩出的凹陷雪坑裡。

要想看見腳印，就不能錯過燭光，也不能撞到仁善的身體，走路要維持兩步的間隔，就像按照相同舞蹈動作移動身體的人一樣，我們向前走去，用同一節拍踩雪的聲音劃開冰冷的寂靜。

經過埋葬阿麻和阿米的樹木時，有如垂下白色衣袖的樹枝進入燭光的半徑內，變得清晰起來。仁善沒有把目光投向樹木，而是繼續前行。她似乎相信自己埋葬的鳥已經不在這裡，腳步漫不經心。

仁善一直走到院子盡頭的圍牆，才停住腳步。跟在後頭的我上前接過蠟燭，仁善用雙手扶著矮牆，依次抬起腿跨到牆外。我把蠟燭交給她後，也越過圍牆。當我的腳跨到牆外之後，仁善又走在前面。

❄ ❄ ❄

雖然只踩著仁善的腳印，但運動鞋和褲子下端卻無法避免被浸濕。我伸開雙臂保持平衡，集中精力保持兩步的距離，繼續前進。每當睫毛上結上雪花時，我都會用手背擦拭。我很想知道仁善是否也能感受到這種寒意，這雪是否也會被她的臉頰融化。如果她是靈魂的話，究竟要帶我去哪裡？

我們走進樹林，但因為積雪和黑暗，無法辨識樹種。不知是否因為山路彎曲，仁善的腳步劃了一個平緩的弧線，而上下搖晃的燭光，則在虛空中劃出紅線。就像無法解讀的手勢一樣，就像飛得無限緩慢的箭矢一般。

仁善的速度越來越慢，我配合她的速度，也前進得更加緩慢。沒有一點風，雪花掠過臉頰的感覺，柔軟得令人難以置信，只有紙杯裡的燭火在距離兩步的前方，如同脈搏一般不停地晃動，悄無聲息。

還很遠嗎？

快到了。

仁善沒有回頭，回答道。

我仰望被積雪覆蓋的樹木上方。我看不見樹梢，每當燭光掠過伸展到眼睛高度的樹枝時，如同鹽粒一樣的雪花就會閃閃發光。

仁善啊！

我打破一起邁步的節奏，停下腳步，仁善剛在雪中踏出下一步的背影，隨著步伐漸行漸遠。

仁善，等一下。

仁善回頭看我，她的臉孔在燭光下隱隱閃耀，拿著紙杯的雙手被燭光染紅。

蠟燭還剩多少？

應該還夠用。

我看到紙杯底部十字孔裡透出來的蠟燭只剩下一根手指長了，就算從現在開始往回走，到家之前也會燒光的。

過了這片樹林就是旱川，仁善好像在安慰我似的說道。

這不可能。我記得的方向和這條路不同，但也許是我失去了方向感，也許旱川是環繞樹林流淌的地形也說不定。

回去吧，我說：

下次再來吧，雪停了以後再來。

仁善固執地搖著頭說道：

……可能沒有下次了。

❄ ❄ ❄

我再也不去想蠟燭燒了多少。

也不想知道這裡離仁善的家有多遠。

當我覺得不希望停下腳步、永遠不回去也沒關係的時候，仁善回頭說道：

快到了。

蠟燭的光線中沒有出現任何樹木的蹤影。

完全的黑暗籠罩著光線的半徑，我們從樹林中走了出來。

仁善轉了方向，我在後面跟著她，她好像沿著旱川的岸邊往上游走。一些可能是草叢或灌木、像是被雪覆蓋而蜷縮的小袋子一樣的東西，進入燭光圓圈的右側，然後迅即消失。

為什麼不直接越過小溪呢？難道是在尋找岸邊不陡的地方，還是在尋找不會因滑倒掉進雪中的平緩傾斜面？仁善前進的速度越來越快，因為一次步伐的不協調，我倆腳步間的距離擴大，光線沒有照射到我的腳，仁善的腳步沒踩到的所有地方都被深厚、冰冷的積雪所覆蓋。在踏越積雪前進的期間，仁善的背影不知何時被黑暗吞噬，看起來彷彿是微小靈魂般的光芒，飄向遠方虛幻的空中。

燭光停留在虛空中，在某一個位置上飄蕩。現在要越過去了嗎？當我把深埋在雪裡的腿抽出來，再次用力邁出步伐時，燭光開始移動了。沒有遠離，像漂在水裡的蠟燭一樣，慢慢地向我流回來。

❄　❄　❄

看這個。

仁善伸出的手掌上放著像是堅硬的小果實一樣的東西。

不覺得像蛋嗎？

它圓潤的表面印著一個像是血液的紅點。

它會像血滴一樣逐漸變大，然後像會孵出什麼鳥一樣裂開。

那不是果實，像珠子一樣堅實結成的米色花瓣上，沾著白糖一樣的雪粉，在燭光的照射下，一個個粒子都在發光。

因為是小植物，把上面的積雪拂拭掉，發現花蕾已經折斷。

我覺得仁善沮喪得緊閉嘴唇的側面就像孩子一樣。同時，被雪覆蓋的頭髮看起來完全像是白髮。我看見她另一隻半屈著的手掌上拿著紙杯，蠟燭已經短到必須將全部的燭身推進杯子裡的程度。

妳說得對，抓著花蕾的仁善低聲呢喃。蠟燭馬上就要燒光了。

當仁善隨後喃喃自語說現在該回去了的時候，我問了自己。想回去嗎？還有能夠回去的地方嗎？就在那時，仁善像綢緞滑落一樣跌坐在雪地裡。

我們待一下就回去吧！

她抬頭看著我說：

回去以後我煮粥給妳吃。

❄ ❄ ❄

雪的密度究竟有多低，我一坐下，積雪便一直下陷，雪形成隔牆把我和仁善分開。我只能看到她胸前的蠟燭和臉孔，下身被雪牆擋住，無法看見。

仍然沒有颱風，零星的雪花降得十分緩慢，看起來像蕾絲窗簾上的巨大圖案一樣，在虛空中相互連接。

我偶爾會和媽媽來這個岸邊。

我望著仁善的視線投注的地方，只有墨水海洋一般的黑暗，無法區分旱川是延伸到哪裡，對岸又是從哪裡開始。

暴風雨過後的隔天，我第一次來這裡，因為媽媽說想去看水。當時我大概是十歲吧，爸爸去世沒多久的時候。

仁善的臉朝向我，堆積到肩膀下面的雪反射著燭光，像反光的銀盤一樣，光線看起來像是從她蒼白的臉頰內側透出。

我記得有一棵樹被拔起，露出了巨大的樹根。樹木本身不太大，但根部看起來是樹梢的三倍。我出神地看著那棵樹木，媽媽不知道我停下腳步，還一直往前走。雖然天氣放晴了，但那天風還是很大。從濕土裡湧出的氣味，樹枝上落下的花朵氣味，由於溢出整夜的水流而朝一個方向倒的青草氣味混雜在一起，讓我鼻子有些發麻。雨水窪地反射陽光，讓人覺得眼睛刺痛。媽媽就像用剪刀劃開巨大的白坯布一樣，用身體破風前行。罩衫和寬鬆的褲子鼓鼓的，當時在我眼裡，媽媽的身體看起來像巨人一樣龐大。

所有聲音的殘響都被空中的雪花吞噬了，聽不見她的呼吸聲，我吐出的呼吸聲也被雪的粒子所吞噬。

我們停在這裡，媽媽看了看那邊。漫到岸邊下方的水流淌著，並發出瀑布般的聲音。我記得當時心想，那樣默默待著難道就只是看水嗎？然後我追上了媽媽，看到媽媽蹲下，我也跟著蹲下。聽到我的動靜，媽媽回過頭來，靜靜地笑著。她用手掌撫摸我的臉頰，然後是後腦勺、肩膀、背部。我記得那令人心潮澎湃的母愛滲入皮膚之中，刻骨銘心……那個時候我才知道，愛是多麼可怕的痛苦。

❄ ❄ ❄

我回到濟州島後，偶爾會想起那天。

狀態急劇惡化的媽媽，每天晚上像孩子一樣爬過門檻，從那時開始，想起的次數更加頻繁。

媽媽在我睡覺的時候，把手指伸進我的嘴裡，撫摸我的臉，像孩子一樣哭泣。我無法把那又鹹又黏的手指硬拽出來，只好忍著。媽媽力氣大得像摔角選手一樣，抱著我的時候經常讓我無法呼吸，因為不知道該怎麼辦，我也只好抱著她。

在除了我們以外沒有別人的黑暗中，隨著那持續的破碎擁抱，媽媽和我的身體漸漸變得無法區別。我們薄薄的皮膚，那下面的一團筋肉，微溫的體溫和錯亂的感覺混在一起，糾結成一團。

媽媽不只認為我是垂死的妹妹，更多的時候她相信我是姐姐，有時候還以為我是陌生人，是來救自己的人。媽媽用可怕的力量抓住我的手腕說，救我。太陽下山後，媽媽陷入更深的混亂中，想要走出門外。不管外面有多冷，穿的衣服有多薄，她都不在乎。我越是攔住媽媽，越是和滿身大汗的她成為一體，每當和她肉搏時，我都會覺得自己不只是在面對一個人。一個幾乎失去肌肉的老人，怎麼會有那麼大的力氣？經過一番掙扎後，好不容易讓她躺下來，我躺在旁邊闔上眼睛，但那時精神恢復正常的媽媽，總是在我快要入睡的瞬間搖醒我，因為混亂還在一旁虎視眈眈，她怕在我睡著時，會再次錯失和我的連結。求求妳，讓我睡三十分鐘吧，但媽媽不聽。幫幫我，別睡著，仁善啊，幫幫我吧。

我就像熬了整夜燒焦的粥一樣，和媽媽一起沸騰、流淌。幫幫我，救我。媽媽低聲呢喃，把手伸向我睡著的臉上，摸到我那像落水的人一樣濕潤的臉頰，我總會背對媽媽想道，我要怎麼救妳？

其實我很想死，有一段時間我真的只是在想著怎麼樣才能趕快死去。看護每天來四個小時，我在那期間到鎮上買菜，在卡車裡連睡兩個小時，如此才能堅持下去。但是馬上就到了只有兩個人在一起的時間，我在爭執過後幫她換上尿布，雖然媽媽體重比較輕，也得用酸痛的手腕抬起媽媽的膝蓋，幫她拍打痱子粉。我躺在抓著我的手熟睡的媽媽身邊想著，時間永遠不會流逝，不會有人來救我們。

媽媽神智極度清醒的瞬間像閃光一樣降臨，如銳利刀子般的記憶瞬間襲擊了媽媽。每當那個時候，媽媽總會不停地說著。就像被手術刀切開身體的人一樣，彷彿血淋淋的記憶不斷湧出。在那個閃光消失過後，媽媽就會更加混亂。她曾經拉著我爬到飯桌下躲起來，在媽媽當時腦海中的地圖上，內屋是小時候生活過的韓地內的家，我的房間是外婆家，往廚房爬去的路好像是樹林。在飯桌下抱著我的媽媽正確地喊出我的名字，讓我嚇了一跳。為了想保護那個時候還沒出生的我，媽媽的下巴顫抖不已。

我目睹了腦海中數千保險絲一起濺起火花讓電路流通，卻又一個個斷開的過程。不知從何時起，媽媽就不再把我當成妹妹或姐姐了，也不相信我是來救她的大人，也不再要求我的幫助。她漸漸不再跟我說話，偶爾說的話語，單詞都像海島一樣分散開。從她不回答嗯、不的時候開始，連希望和請求也消失了。但是接過我剝好的橘子後，她還是按照畢生養成的習慣分成兩半，把大片的遞給我，然後靜靜地笑了笑。我記得那時候我的心臟好像要裂開，還想過如果我生養了孩子，會不會也產生這種感情？

媽媽從那時起經常睡覺，就像過去讓我不能睡覺的痛苦根本不曾發生過似的，她一天的三分之二時間都在睡覺，後來變成一天的四分之三以上，在安寧病房度過的最後一個月，幾乎睡一整天。就像是漲潮的時間過於漫長的怪異大海，也像是在沙灘完全淹沒後，大海不再退潮一樣。

很奇怪吧？我以為媽媽消失的話，我會再次回到我的人生當中，但回去的橋卻斷了，再也不存在了。媽媽再也不會爬進我的房間，但是我睡不著覺。沒有必要再以死解脫了，但我卻沒有放棄死亡。

但某天凌晨，我來到了這裡。

因為突然想起對妳的承諾，為了想好好看看曾經說過可以種樹的土地。

那天霧很濃，十年間長得更高的竹林看起來雖然茂密，但天色一亮、開始颳起風以後，就顯露出昏暗的整體面貌來。從那裡開始尋找爸爸的老家遺址並不難，因為遺址只有一處，沒有圍著籬笆，而是種植了山茶樹，院子中間還堆砌著低矮墓牆。野草覆蓋的基石後面是展開的田野，那裡長著一棵箬竹，還被籠罩在殘留的霧裡，看起來好像在無限地蔓延。

那是開始。

從第二天起，我開始尋找關於細川里的資料。從留下證詞的老婦人居住的海邊房子回來後，我讀了一篇論文，內容是推測在濟州島水葬的數千具屍體，可能隨著洋流漂到對馬島。我在母親的衣櫃抽屜裡發現有關舅舅的資料時，正在茫然思考下一步該去對馬島，還是如何找到七十年前被捲回岸邊或途中沉沒的遺骸。

我就像轉動沉重的船舵一樣，在那個時候改變了方向。我每天都把新發現的東西填滿媽媽收集的資料空白處。我推測一九六〇年當時，媽媽往返於這間房子、大邱和慶山之間所乘坐的船、公車和火車的路程，並計算了時間，我感覺自己正在慢慢瘋掉。

白天我在工房裡切削木頭，晚上回到內屋閱讀口述證言資料，每個資料都是對照不同死者的數據確定的。我透過解除五十年封印後可以接觸的美軍紀錄、當時媒體的報導、一九四八年和一九四九年未經審判即被囚禁的濟州囚犯名單，以及保導聯盟的屠殺案，復原了各種事件。隨著資料累積、輪廓逐漸變得清晰，從某個時刻開始，我感覺到自己開始變得扭曲。人無論對他人做出什麼樣的事情，我都不會再感到驚訝……好像有什麼東西已經從心臟深處脫落，浸濕凹陷處後流出的血液不再鮮紅、不再奮力地噴出，在破爛不堪的斷面，閃爍著只有心死才能停止的疼痛……

我知道那是媽媽去過的地方。因為從噩夢中醒來，洗臉、照鏡子的時候，我會看到執著地刻印在臉上的某種東西也從我的臉上滲出。令我無法置信的是，陽光每天都會回返，如果在夢的殘影中走向樹林，美麗得近乎殘酷的光芒會穿過樹葉中間，形成數千、數萬個光點。骨頭的形象在那些圓圈上晃動。在那光線中，我看到身材矮小的人彎著膝蓋埋在飛機跑道下的坑裡，不僅那個人，我還看到躺在旁邊的所有人的筋肉和臉孔。他們穿著的衣服不是黑白的，而是浸染鮮血，在那坑裡，交疊著剛剛還活生生的柔軟肩膀、手臂和腿部。

我再也弄不清自己過去的人生究竟是什麼了，花了很長時間才勉強記起來。每當那時我都會問自己，我正漂向何方、我究竟是誰。

那個冬天有三萬人在這個島上被殺害，第二年夏天在本島有二十萬人被屠殺，這並非巧合。美國軍政府命令，就算殺死居住在濟州島上的三十萬人，也要阻止這個島嶼赤化。而北朝鮮出身的極右青年團成員，身懷實現此一目標的意志和仇恨，在結束兩週的訓練後，身穿警察制服和軍裝進入濟州島內。海岸被封鎖，媒體被控制，把槍對準嬰兒頭部的瘋狂行為不但是允許的，甚至還受到獎勵，未滿十歲就死去的兒童有一千五百名之多。在鮮血未乾之前，韓戰爆發，按照之前在濟州島上所做的，從所有城市和村莊中篩選出來的二十萬人被卡車運走、囚禁、槍殺、掩埋，誰也不許收拾遺骸。因為戰爭並沒有結束，只是停戰而已。因為停戰線的另一端敵人依然存在。因為被貼上標籤的遺屬、在開口的那一瞬間就被污衊和敵人是同一陣營的其他人，都保持沉默。直到從山谷、礦山和跑道下，發掘出一大堆彈珠和穿孔的小頭蓋骨為止，都已經過了數十年，但骨頭和骨頭仍然混雜在一起埋在地下。

那些孩子。

為了必須全部滅絕而殺掉的孩子。

那天晚上我想著那些孩子，從家裡走出來。當時正是颱風不可能來襲的十月，狂風穿過樹林。雲層吞吐著月亮，繁星彷彿傾瀉般璀璨，所有樹木像要被拔起一樣掙扎。樹枝像火炬一般起身飛舞，在我夾克裡膨脹的風有如氣球，幾乎要將我的身體颳起來。我用力踩著地面，跨出每一步，在穿越狂風前進的瞬間我突然想到，他們來了。

可是我不害怕，不，我甚至覺得幸福到讓我喘不過氣來。在不知是痛苦還是恍惚的奇怪激情中，我劃過那寒風，劃過與風合而為一的人群行走。就像數千根透明的針插滿全身一樣，我感受到生命隨著那些針頭如同輸血一樣流入我的身體。我看起來像瘋子，或者實際上真的瘋了。我在心臟快要裂開、激烈而奇異的喜悅中想到，和妳約好要做的事終於可以開始了。

＊＊＊

我在雪中等待著。

等待仁善說出下一句話。

不，我希望她不要再繼續了。

＊＊＊

我們背後的樹林沉浸在靜寂中，從幾公里之外傳來樹枝折斷的聲音。

仁善用雙手握住蠟燭，躺在雪地上，含糊地喃喃自語：

好像進到棉花堆裡了。

燭光被包在雪牆內，四周變得更加陰暗。落在我眼前的雪花看起來幾乎是暗灰色的，只有下在仁善躺著之處的雪花閃閃發光。我拉出大衣裡穿著的粗呢大衣的帽子，也躺在雪中。當我轉向仁善發出聲音的方向時，從厚重的雪牆滲出的光線陰沉沉地照亮我的臉。

＊＊＊

好奇怪，慶荷啊。

我每天都在想妳，妳真的來了。

因為太想妳了，有時候覺得好像真的看到妳。

就像仔細看著漆黑的魚缸一樣，

把臉貼在玻璃上，耐心觀看的話，好像有什麼東西在裡面晃動一樣。

❄ ❄ ❄

有什麼東西正在看我們呢？我想著。是誰在聽著我們的對話呢？

不，只有沉默的樹木。

只有想在這個岸邊把我們密封起來的積雪。

❄ ❄ ❄

我終於理解了，理解第一次來這裡的時候，媽媽跟我說的事情。

那天媽媽說，父親在離開島上的十五年裡，一直注視著那對岸。

他說有些月亮升起的夜晚，沐浴在月光下的山茶葉閃閃發光。他說有些日子的凌晨，一群野鹿和野貓輪流走在村裡的路上；下暴雨時，新開的水路就會湧到溪邊。他說他親眼目睹被燒毀了一半的竹林和山茶樹，再次變得鬱鬱蔥蔥。他說在整夜點亮就寢燈的牢房裡看著這些情景，然後閉上眼睛的話，方才樹木所在的每個地方，都會飄浮著豆大的小小火花。

當然，我覺得那是一個令人難以置信的故事。

連十歲的孩子都會懷疑的事情，不知道媽媽有多麼認真去思考。是什麼時候從父親那裡聽到的？究竟是否曾在此岸一起眺望過彼岸？

❄ ❄ ❄

正是在那時候，身上的罩衫和寬鬆褲子鼓起如翅膀的女人背影，浮現在我眼前。用力按壓原子筆尖，所有文字的尾端筆畫都勾起來的女人。放棄吧，把被移監的日期定為他的忌日吧，一個人登上返回濟州島的船，反覆咀嚼剛才聽到的話的女人。

終於來到數萬塊骨頭面前的女人。低著頭，彎著原本就已彎曲的背部進入黑暗的女人。

❄ ❄ ❄

現在我不認為那是奇怪的事情了，仁善說道。

父親在刑務所待了十五年，也在對岸待了十五年。

我在桌子下彎著膝蓋的同時，也在跑道下面的坑裡。

一直想著妳做的夢時，那影子如同魚鰭，在漆黑的魚缸裡晃動。

❄ ❄ ❄

真的有誰一起在這個地方嗎？我想道。就好像同時存在於兩個地方的光線，在想要觀測的瞬間，就固定在一個地方一樣。

我在下一瞬間想到，那是妳嗎？妳現在連接著振動畫面的電線嗎？就像觀看黑暗的魚缸一樣，在妳想要重生的病床上。

＊ ＊ ＊

不，也許相反也未可知。也許是死掉或瀕死的我，在頑固地觀察這個地方。在那早川下游的黑暗中。在埋葬阿麻之後回來，躺在妳冰冷的房間裡。

但是，死亡怎麼會如此生動？

下到臉頰上的雪，會這麼冰冷地浸透到皮膚裡嗎？

＊ ＊ ＊

……不能在這裏睡著。

仁善低聲細語。

我閉上眼睛一會兒，真的就只是一會兒。

她把紙杯放在手掌上，我伸開手臂接過。蠟燭雖然剩不到半個手指頭，但整個紙杯都很溫暖。究竟是因為火苗的熱氣，抑或是仁善的體溫，我無法辨別。

我把紙杯握在眼前，朝仁善那邊側躺著。從燭芯上不斷湧出的火苗光芒瀰漫開來，每個飄落的雪花中心似乎都凝結著火花，觸碰火苗邊緣的雪花就像觸電一樣顫抖而融化。接著掉下來的大片雪花碰到燭火微藍的芯部那一瞬間，火苗為之消失。被蠟油浸泡的芯部冒煙，閃爍的火星熄滅了。

沒關係，我還有火柴。

我對著仁善那邊的黑暗說道。我撐起上身，掏出了口袋裡的火柴盒。我用指尖摸索粗糙的摩擦面，火柴一摩擦那裡，火焰和火花一起產生。一股硫磺燃燒的氣味傳來，我雖拿出浸在蠟油中的燭芯，點燃火苗，但很快就熄滅了。我搖晃燃燒到大拇指指甲的火柴後，黑暗再次抹去一切。我聽不見仁善的呼吸聲。在雪堆的另一端，感覺不到任何動靜。

現在還不要消失。

我想著，如果火被點燃，我會抓住妳的手。我會撥開雪，爬過去，擦去妳臉上的積雪。我會用牙齒咬破手指，讓妳吸吮我的鮮血。

但是如果抓不到妳的手，妳現在就會在妳的病床上睜開眼睛。

在那個反覆在傷口扎針的地方。在那個血液和電流一起流淌的地方。

我吸了一口氣後，劃下火柴。沒有點著。再磨擦一次，火柴斷了。我摸到折斷的地方重新劃了一下，火花湧現。像心臟一樣，像顫動的花蕾一樣，像世界上最小的鳥鼓動著翅膀一樣。

作者的話

我在二〇一四年六月寫了這本書的前兩頁，二〇一八年年底才開始繼續寫下去，這部小說和我的人生捆綁在一起的時間，不知道應該說是七年還是三年。

感謝梁恩錫、林惠松、林興順、金敏京、李正華、金振松、裴耀燮、鄭大勳、趙正熙，在我撰寫這部小說時，提供了珍貴的幫助。感謝長久以來一直等待的李相述編輯，感謝一直努力到最後的金乃利編輯，感謝所有用心鼓勵我的人。

我記得幾年前有人問我「下次要寫什麼」的時候，我回答說希望是一部關於愛的小說。我現在的心情也是一樣的，希望這是一部關於極致之愛的小說。

我用全心獻上感謝。

二〇二一年初秋

韓江

永不告別
작별하지 않는다

作　　者　韓江
譯　　者　盧鴻金
美術設計　Bianco Tsai
內頁排版　高巧怡
行銷企劃　蕭浩仰、江紫涓
行銷統籌　駱漢琦
業務發行　邱紹溢
營運顧問　郭其彬
責任編輯　吳佳珍
總 編 輯　李亞南
出　　版　漫遊者文化事業股份有限公司
地　　址　台北市大同區重慶北路二段88號2樓之6
電　　話　(02) 2715-2022
傳　　真　(02) 2715-2021
服務信箱　service@azothbooks.com
網路書店　www.azothbooks.com
臉　　書　www.facebook.com/azothbooks.read
營運統籌　大雁文化事業股份有限公司
地　　址　231新北市新店區北新路三段207-3號5樓
劃撥帳號　50022001
戶　　名　漫遊者文化事業股份有限公司
初版一刷　2023年7月
初版三刷(1)　2023年11月
定　　價　台幣420元
ISBN　978-986-489-798-8

This book is published with the support of the Literature Translation Institute of Korea (LTI Korea).

國家圖書館出版品預行編目 (CIP) 資料

永不告別/ 韓江著 ; 盧鴻金譯. -- 初版. -- 臺北市 : 漫遊者文化事業股份有限公司, 2023.07
328 面 ; 14.8×21 公分
ISBN 978-986-489-798-8(平裝)

862.57　　112007066

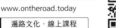